Zu diesem Buch

Die Szenerie scheint das übliche englische Landhaus-Hotel mit den üblichen Gästen zu sein: der Colonel, das Liebespaar, der Geistliche, die reiche Witwe, die beiden netten alten Damen – und eine Leiche. Rosemary und Dorothy müssen nur den richtigen Spuren folgen, dann können sie den gerissenen Mörder entlarven.

Doch in diesem Roman ist nichts so, wie es zu sein scheint.

Michael Dibdin setzt dem Leser einem Wechselbad der Gefühle aus und liefert hier einen der virtuosesten Kriminalromane der letzten Jahre.

Michael Dibdin, 1947 geboren, studierte in England und Kanada und verbrachte vier Jahre in Italien, wo er in Perugia erst an der Fremdsprachenschule und dann an der Universität lehrte. Er gehört zu den wichtigsten englischen Kriminalromanautoren. Die *Sunday Times* urteilte: «Englands interessantester Kriminalromanautor.» Der *Wiener* hält ihn für Englands neuen Thriller-Star, das *Manager-Magazin* schrieb: «Michael Dibdin bedient sich so virtuos unterschiedlichster Stilmittel, als stehe hinter jedem seiner Bücher ein anderer Autor.» Und das *Hamburger Abendblatt* lobte seinen Roman «Der Mann im Schatten»: «Sein Roman ist ein Hochspannungsthriller, der die Tiefen menschlicher Psyche taghell ausleuchtet – ein Stück eindringlicher Literatur.»

In der Reihe der rororo thriller sind erschienen: Der Mann im Schatten (Nr. 3059) und Der Tod hält reiche Ernte (Nr. 3067).

Michael Dibdin

Sterben in der Dämmerung

Deutsch von
Ute Tanner

rororo

Rowohlt

rororo thriller
Herausgegeben von Bernd Jost

Deutsche Erstausgabe
Veröffentlicht im Rowohlt Taschenbuch Verlag GmbH,
Reinbek bei Hamburg, Oktober 1994

Die Originalausgabe erschien unter dem Titel
«The Dying of the Light»
bei Faber and Faber Ltd., London 1993

Umschlagfoto TCL / Bavaria
Umschlagtypographie Peter Wippermann / Susanne Müller
Satz Garamond (Linotronic 500)
Gesamtherstellung Clausen & Bosse, Leck
Printed in Germany
890-ISBN 3 499 43138 6

Es ist wie im klassischen
englischen Kriminalroman.

Im Landhaus «Abendsonne» wohnen die folgenden Gäste:

Colonel Weatherby, der alternde Playboy

Mrs. Hiram Hargreaves, die reiche Witwe

Kanonikus Purvey, der bescheidene Geistliche

Samuel Rosenstein, der jüdische Geschäftsmann

Grace Lebon und Charles Symes, das Liebespaar

Lady Belinda Scott, der Vamp

George Channing, der Cornedbeef-Millionär

Rosemary Travis und Dorothy Davenport, die beiden Amateurdetektivinnen, verdächtigen alle.

Der Polizeibeamte, Inspector Jarvis, ist natürlich blind für die schönsten Spuren.

William Anderson und Letitia Davis sind Personal und kommen deswegen als Mörder nicht im Frage.

Doch in Wirklichkeit ist natürlich
alles ganz anders.

Der Erinnerung an Eileen Coleman gewidmet

ERSTER TEIL

1

Vor ihrem Auftritt im Salon blieb Rosemary vor dem Spiegel am Fuß der Treppe stehen und überprüfte ihre Erscheinung. Es war ein schöner, altmodisch-langer Spiegel in solidem Rosenholzrahmen, kein billiger Schund, wie er heutzutage auf den Markt kam. In so etwas konnte man sich allenfalls vergewissern, ob die Frisur in Ordnung war und die Strumpfnähte gerade saßen, aber diese billigen Produkte der Neuzeit waren nicht zu gebrauchen, wenn es darum ging, mit einem Blick sein Gesamtbild zu erfassen.

Und darauf kommt es schließlich an, überlegte Rosemary und registrierte mit einiger Genugtuung das Ergebnis ihrer Prüfung. Gewiß, auch Einzelheiten zählen, aber von Jugend auf war ihr eingeprägt worden, daß der Mensch mehr ist als die Summe seiner Teile. Die Äußerlichkeiten, das Drum und Dran konnte man notfalls kaufen. Entscheidend war aber doch, ob man aus der richtigen Schublade kam, und das war nicht für Geld zu haben, das fiel sofort ins Auge, selbst wenn es einem nicht bewußt wurde.

Jeder Mensch hatte seine Rolle auf der großen Bühne des Lebens und mußte sich, so gut er konnte, rollengerecht herrichten. Und das ist mir, sagte sich Miss Rosemary Travis, nicht schlecht gelungen. Von den haltbaren Wellen im silbergrauen Haar und den klaren braunen Augen bis zu dem praktischen Tweedrock und den robusten Schuhen mit Gummisohle wies alles sie als das aus, was sie war: eine ältere unverheiratete Tante, die sich bei einem nach außen hin ereignislos verlaufenen Leben einen wachen Verstand bewahrt hatte und Dummheit bei ihren Mitmenschen nur schwer erträglich fand.

Sie öffnete die Tür zum Salon. Die Zeiger der marmornen Standuhr auf dem Kaminsims standen auf zehn nach vier. Der Tee war noch nicht serviert, doch die anderen Gäste hatten sich bereits eingefunden. Oberst Weatherby hatte wie üblich den Sessel am Kamin mit Beschlag belegt und las Zeitung. In einiger Entfernung vertrieb sich die reiche, kränkliche Mrs. Hiram Hargreaves III., in Pullover und Decken gehüllt, die Zeit mit einer Patience. Nahe der Terrassentür, die in den Garten führte, saßen Charles Symes und Grace Lebon dicht nebeneinander an einem Tisch und arbeiteten an einem Puzzle. Samuel Rosenstein hatte der schönen Aussicht entschlossen den Rücken gekehrt und führte mit gutturaler Stimme ein Telefongespräch. Lady Belinda Scott saß kerzengerade auf dem Klavierschemel und ließ die Finger behende über die Tasten gleiten, während in der Ecke Kanonikus Purvey, ein Buch vor der Nase, ein Nickerchen machte. Nur George Channing, der Cornedbeef-Millionär, glänzte durch Abwesenheit.

Rosemary ging zum Erkerfenster, wo ihre Freundin Dorothy Davenport eifrig strickte.

«Ich habe es, Dot!» verkündete sie aufgeregt.

«Hoffentlich nichts Ansteckendes...»

«Nein, ich habe herausbekommen, wer es war.»

Das Klicken von Dorothys Stricknadeln verstummte. Sie wandte Rosemary ihr schmales, blasses Gesicht zu.

«Wer was war?»

«Wer den Mord begangen hat, natürlich.»

Dorothy wandte den Blick ab und strickte noch ein paar Maschen ab.

«Welchen Mord? Wir hatten so viele.»

«In der letzten Zeit nur zwei», widersprach Rosemary. «Und rätselhaft war uns nur der Tod von Hilary Bryant, weil es so aussah, als hätte keiner der Gäste die Gelegenheit gehabt, sie umzubringen, obgleich natürlich feststeht, daß einer von ihnen die Tat begangen haben muß.»

Dorothy Davenport lächelte matt.

«Entschuldige meine Vergeßlichkeit. Es muß an den Medikamenten liegen.»

«Mir geht's ja nicht besser», sagte Rosemary rasch. «Manchmal weiß ich nicht mal, was für einen Tag wir haben.»

Dorothy legte ihr Strickzeug aus der Hand.

«Das weiß ich heute nur zu gut. Es ist der Tag, an dem Dr. Morel mir den Untersuchungsbefund bringen will.»

Sie zuckte jäh zusammen. Rosemary beugte sich besorgt vor.

«Tut es weh?»

Dorothy schüttelte den Kopf.

«Das ist es nicht...»

«Was dann?»

Dorothy sah ihre Freundin an.

«Ich habe Angst, Rose.»

Rosemary runzelte die Stirn.

«Dazu hast du nicht den mindesten Grund», sagte sie leicht gereizt. «Ich habe dir doch gesagt, daß ich den Fall gelöst habe, Dot. Ich weiß, wer der Mörder ist.»

Es schien, als habe Dorothy gar nicht zugehört. Sie sah an Rosemary vorbei zum Fenster, vor dem die Dämmerung aufzog.

«Sie werden mich ins Krankenhaus abschieben», sagte sie. «Ganz bestimmt. Und wenn ich erst mal da bin, komme ich nicht wieder raus. Sie werden mich mit Schläuchen und Drähten spicken wie ein Versuchstier im Labor, sie werden mich nicht mal sterben lassen, Rose. Was ist das für ein Leben, in dem man nicht mal sterben kann?»

«Dummes Zeug», sagte Rosemary verächtlich.

Dorothy hielt ihre Hand fest.

«Und du wirst nicht dasein und ‹dummes Zeug› sagen. Das ist für mich das Schlimmste, Rose. Daß du nicht dasein wirst.» Die Angst in der Stimme der Freundin machte Rosemary betroffen, sie wandte den Blick ab. Dann gab sie sich einen Ruck.

«Reiß dich zusammen, Dot», sagte sie barsch. «Wir haben keine Zeit für solche Kindereien. Ein Mörder läuft frei herum, und er oder sie kann jeden Augenblick erneut zuschlagen.»

Nach und nach wurde Dorothy ruhiger. Sie ließ Rosemarys Hand los und griff wieder nach ihrem Strickzeug.

«Sag mir noch mal, wo wir stehengeblieben waren», bat sie.

Rosemary stieß einen tiefen Seufzer aus.

«Hilary wurde, wie Roland Ayres, eines Morgens tot in ihrem Bett aufgefunden. Dr. Morel war offenbar der Meinung, ihr Tod habe natürliche Ursachen, und stellte einen entsprechenden Totenschein aus. Wir aber wissen es besser.»

Dorothy nickte.

«Das Rattengift, das im Gartenschuppen aufbewahrt wurde...»

«...der über den Kräutergarten zugänglich war...»

«...in den sich in den Tagen vor Hilarys Tod alle Gäste irgendwann einmal begeben hatten...»

«... und zwar unter mehr oder weniger fadenscheinigen Vorwänden, von der Suche nach einem verlegten Crockettreifen bis hin zu der Aussage, man wolle sich bei dem Gärtner nach seinen Begonien erkundigen...»

Dorothy griff wieder nach ihrem Strickzeug und zählte Maschen.

«Und natürlich hatten sie alle ein Motiv», sagte sie halblaut.

«Natürlich.»

Rosemary deutete auf Belinda Scott am Klavier. «Rache! Der einzige Mann, den Lady Belinda je geliebt hat, war Randolph Fitzpayne, der schneidige jüngste Sohn des Earl of Devon. Hilary Bryant spielte mit seinen Gefühlen und löste dann die Verlobung. Aus Verzweiflung wurde Randolph Schafzüchter in Patagonien, wo ihn ein betrunkener Gaucho im Duell tötete. Lady Belinda hat der treulosen Versucherin nie vergeben, die ihrer beider Leben zerstört hat.»

Sie deutete auf den Oberst, der über seiner Zeitung brütete.

«Weatherby war der Hauptbegünstigte in Hilary Bryants Testament, das diese, eine früher viel bewunderte Schönheit, aufgrund der schmeichelhaften Aufmerksamkeiten des Obersten unbedachterweise wenige Wochen vor ihrem Tod zu seinen Gunsten geändert hatte...»

Rosemarys Finger zeigte quer durch den Raum auf die in Decken gehüllte Mrs. Hiram Hargreaves III.

«... und zwar ohne Wissen der Schwester der Toten, die sich in der Hoffnung wiegte, im Falle eines unzeitigen Ablebens ihrer Schwester selbst die Erbschaft antreten zu können.»

Dorothy lächelte beglückt.

«Ja, jetzt fällt es mir wieder ein. Aber was ist mit Purvey? Er ist ein Mann der Kirche und deshalb doch eigentlich über jeden Verdacht erhaben...»

Rosemary schüttelte den Kopf.

«Als einer der Gäste ist auch er ein potentieller Verdächtiger. Außerdem waren wir doch zu dem Schluß gekommen, daß Purvey gar kein Geistlicher ist, sondern der mittellose Schauspieler, den Hilary in ihrer Jugend geheiratet und wegen Randolph Fitzpayne verlassen hatte.»

«Während Grace Lebon, seine derzeitige Frau und Komplizin, nicht ahnt, daß ihre Ehe ungültig ist...»

«...und es sich bei Charles Symes um einen leichtsinnigen Gentleman-Einbrecher handelt, der ihr Liebe vorgaukelt – eine wechselseitige Täuschung, die beiden in den Kram paßt – und gleichzeitig Pläne für den Raub des ‹Evening Star›, eines unbezahlbaren, aber Verderben bringenden Diamanten schmiedet, den Randolph Fitzpayne Hilary Bryant schenkte in dem vergeblichen Versuch, dies treulose Herz an sich zu binden.»

Dorothys Nadeln klickten emsig.

«Also hatten *alle* ein Motiv, sie zu vergiften.»

«Alle bis auf George Channing, den Cornedbeef-Millionär», sagte Rosemary zustimmend. «Leider hatten auch alle ein Alibi.»

«Sogar Rosenstein?»

Dorothy deutete auf den Juden, der noch immer erregt ins Telefon brabbelte.

«Samuel Rosenstein war zunächst der naheliegende Verdächtige», räumte Rosemary ein. «Er hatte gute Gründe dafür, Hilary zu beseitigen, denn sie wußte um seine undurchsichtigen Aktiengeschäfte und erpreßte ihn damit. Außerdem hatte er ihr an jenem Abend das Glas mit dem vergifteten Wein gereicht...»

«...und warf dann sein eigenes Glas um, wobei sich

Grace Lebons Kleid rot färbte, ein gespenstisches Vorzeichen kommender Ereignisse...»

«...nur war es nicht sein eigener, sondern der vergiftete Wein», fuhr Rosemary fort, «den er absichtlich verschüttete, um ihn nicht selbst trinken zu müssen, nachdem Hilary, die seine Mordpläne erriet, geschickt die Gläser vertauscht hatte. Ja, Samuel Rosenstein plante den Mord an Hilary, aber nicht er hat sie letztlich getötet.»

Dorothy sah die Freundin gespannt an.

«Wer dann?» flüsterte sie.

Die Tür flog auf, und eine untersetzte Frau in schmuddeligem blauem Overall betrat den Salon.

«Wo ist dieser Scheiß-Channing?» blaffte sie.

Niemand rührte sich, niemand sagte ein Wort. Schwer schnaufend blieb die Frau mitten im Raum stehen. Sie hatte unreine, rotfleckige Haut und fettiges Krisselhaar. Ihr Blick streifte über den Oberst mit seiner Zeitung, über die eingebildete Kranke unter ihrem Deckenberg, das alte Liebespaar am Fenster, den Finanzier am Telefon, die lässige Aristokratin am Klavier, den sanften Kleriker in der Ecke.

Weatherby schwenkte die gefaltete Zeitung.

«Wie steht's denn mit unserem Tee?» fragte er.

Die Frau trat an ihn heran und gab ihm eine schallende Ohrfeige. Dann drehte sie sich rasch zu den anderen um, während sie sich mit ihrer dünnen roten Zunge die Fingerspitzen leckte.

«Zuallererst», sagte sie nachdenklich, «werde ich von unserem Georgie in Erfahrung bringen, wie er rausgekommen ist. Und wenn einer von euch ihm dabei geholfen hat, kriegt ihr zum Tee Channings Pisse frisch vom Faß.»

Sie hob noch einmal den Arm, so daß Weatherby zusammenzuckte, dann ging sie ebenso unvermittelt, wie sie gekommen war, wieder hinaus.

Zischend schloß sich die pneumatische Tür. Wenig später hörte man wieder Dorothys Nadeln klicken.

«Wer dann?» wiederholte sie.

Rosemary sah sie leicht verstört an.

«Wie meinst du?»

Ihre Stimme zitterte leicht. Dorothy musterte sie forschend.

«Na hör mal, Rose! Du wirst allmählich vergeßlicher als ich. Weißt du nicht mehr, wovon wir gesprochen haben? Wenn nicht Samuel Rosenstein Hilary Bryant ermordet hat – wer dann?»

Rosemary atmete einmal tief durch. Dann lächelte sie Dorothy zu.

«George Channing.»

«Der Cornedbeef-Millionär?» wiederholte die Freundin verblüfft. «Aber ich denke, er hatte als einziger kein Motiv?»

Rosemary nickte. «Nicht als George Channing, das stimmt. *Aber einen George Channing hat es nie gegeben.*»

Dorothy schnappte nach Luft. Rosemary lehnte sich vor und flüsterte vertraulich:

«Der Mann, den wir als Channing kennen, ist kein anderer als Randolph Fitzpayne, der nach Argentinien ging, um seinen Kummer zu vergessen, nachdem Hilary Bryant die Verlobung gelöst und ihm damit das Herz gebrochen hatte.»

Dorothy strickte eine Reihe ab und überlegte. Sie hatte nur noch ein kurzes Stück Wolle übrig.

«Aber Randolph ist von einem betrunkenen Gaucho umgebracht worden», wandte sie ein.

«Gaucho...» wiederholte Rosemary nachdenklich. «Ja, davon sind wir ausgegangen. Aber vergiß nicht, daß wir dafür nur Lady Belindas Aussage haben. In Wirklichkeit hat

Fitzpayne die Attacke überlebt und sein Glück im Cornedbeef-Geschäft gemacht, dann ist er zurückgekehrt, um sich an der Frau zu rächen, die ihn vor drei Jahrzehnten verschmäht hatte.»

Dorothy strahlte.

«Und jetzt ist er geflüchtet, um sich seiner Verhaftung zu entziehen», sagte sie. Der letzte Rest Wolle glitt durch ihre Finger. «Es paßt alles zusammen.»

Sie betrachtete einen Augenblick das Gestrickte, dann zog sie es von der Nadel und fing an, es aufzuräufeln.

«Warum ist aber Lady Belinda nicht mitgegangen?» fragte sie. «Die beiden hatten doch gemeinsame Sache gemacht...»

«Sie kommt später nach, wenn die Jagd nach George Channing abgeblasen ist. Dann können sie sich in der Villa in Antibes niederlassen, die er gekauft hat, und das Glück genießen, das ihnen so lange versagt blieb.»

Dorothy beschäftigte sich mit ihrem Strickwerk, jetzt in umgekehrter Reihenfolge. Ein paarmal mühte sie sich mit einem kleinen Knoten. Immer wieder war ihr beim Stricken der mürbe Faden gerissen.

«Natürlich nur, bis die Polizei sie festnimmt», sagte sie. «Denn ihrer gerechten Strafe dürfen sie ja nicht entgehen.»

Rosemary machte ein ernstes Gesicht und schüttelte den Kopf.

«Auf keinen Fall.»

Wieder zuckte es in Dorothys Gesicht.

«Ich geh mal eben nach oben und hole meine Medizin», sagte sie.

Rosemary sah sie besorgt an. «Schlimm?»

Dorothy schüttelte den Kopf.

«Nicht schlimmer als sonst.»

«Soll ich gehen?» fragte Rosemary.

Dorothy winkte ab.

«Ich muß sowieso zur Toilette, und das kannst du mir nun doch nicht abnehmen.»

Rosemary sah der kleinen gebrechlichen Person nach, die an den anderen Gästen vorbei zur Tür ging. Am kalten Kamin saß Weatherby über einer vergilbten, brüchigen Zeitung. Mrs. Hargreaves lag auf der Couch und spielte mit einem Packen abgegriffener Ansichtskarten aus Bognor, Howe und Bournemouth, auf denen man die Schrift längst nicht mehr entziffern konnte. Das alte Paar brütete immer noch über dem Puzzle, das aus Resten verschiedener Spiele bestand.

«Verbinden Sie mich mit der Polizei», verlangte der hagere Mann am Telefon drängend, ohne zu merken, daß die Telefonschnur in einem Gewirr abgeschnittener Drähte endete. Belinda Scott beugte sich, geflissentlich die anderen übersehend, noch immer über das Klavier, aus dem alle Innereien längst entfernt waren. Dorothy war schon an der Tür, als Purvey von seinem Taschenkalender 1951 aufsah und ihr zulächelte. «Sehr verbunden für Ihre Gastfreundschaft», sagte er. «Hoffentlich falle ich Ihnen nicht allzusehr zur Last.»

Rosemary warf einen Blick auf die Uhr, deren Zeiger noch immer auf zehn nach vier standen. Draußen hatte sie ein Geräusch gehört; sie sah zum Fenster. Über die Scheibe war als zusätzliche Isolierung und als Schutz vor Zugluft Plastikfolie geklebt worden, so daß von der Außenwelt nichts zu sehen war. Gelüftet wurde der Salon nie. An heißen Tagen und im Winter, wenn die Heizung lief, war der Geruch nach Menschenleibern und Urin fast unerträglich. Das Geräusch war immer noch da. Zuerst hatte sie gedacht, es käme von einer Fliege, die sich zwischen Scheibe und Plastikfolie verfangen hatte, jetzt aber hörte es sich eher an wie fernes Knurren, vermischt mit Schreien, die fast etwas Menschliches hatten.

Rosemary stand auf und hob die untere rechte Ecke der Plastikfolie hoch, an der sich der Klebestreifen gelöst hatte. Durch das schmutzige Glas sah sie ein Stück verwilderten Rasen vor dem Haus und die Blutbuchen rechts und links der Einfahrt, aber woher die inzwischen verstummten seltsamen Geräusche gekommen waren, ließ sich nicht ausmachen.

Jemand packte ihr Handgelenk und zwang sie, die Plastikfolie loszulassen.

«Das sag ich weiter.»

Belinda Scott sah Rosemary empört an. Sie hatte sich eine zerfledderte rote Mohnblüte aus Papier oben ans Kleid gesteckt, die Miss Davis in den Müll geworfen hatte. Jetzt deutete sie auf die lose Plastikfolie.

«Auf frischer Tat bei der Zerstörung von Staatseigentum ertappt!»

«Reg dich ab, Belinda», sagte Rosemary.

«Das laß ich mir von dir noch lange nicht bieten, du alte Schlampe. Ich sag's Miss Davis. Sie werden dir das Essen streichen. Sie werden dich prügeln.»

«Nein, bitte, ich hab's nicht so gemeint», stieß Weatherby plötzlich hervor, wie aus einem Alptraum heraus.

Grace Lebon stand auf und stieß dabei den Stuhl um.

«Mir gefällt's hier nicht», verkündete sie. «Ich will nach Hause.»

«Könnte dir so passen.» Eifrig stürzte Belinda sich auf ihr neues Opfer. «Zu Hause wollen sie dich nicht. Hier wollen sie dich zwar auch nicht, aber wir haben dich nun mal am Hals. Wenn's Ihnen nicht gut genug ist, Euer Gnaden, warum tun Sie uns nicht den Gefallen und sterben einfach?»

«MEIN HINTERN», kreischte Charles Symes, «OGOTTOGOTT MEIN HINTERN!»

«Nein, nein, bitte», stöhnte Weatherby und schaukelte hin und her. «Bitte nicht.»

«Und wenn ich auch besoffen bi-hin, das ist doch gaaanz ega-hal, euch will doch keiner ha-haben, und deshalb könnt ihr mich mah-hal...» grölte Belinda und stolzierte hoch erhobenen Hauptes im Salon herum.

Purvey rang beschwörend die Hände.

«Könnte ich Ihre Gastfreundschaft nicht noch eine Nacht in Anspruch nehmen?» fragte er ziellos in den Raum hinein. «Setzen Sie mich nicht vor die Tür. Ich flehe Sie an. Ich würde ja sofort gehen, nur weiß ich eben leider nicht wohin.»

«Ich möchte sofort die Polizei sprechen», zischelte Samuel Rosenstein in den Hörer mit der baumelnden Schnur. «Wir sind in Lebensgefahr.»

«OGOTTOGOTTOGOTT, MEIN HINTERN!»

«Dieses Hotel gefällt mir nicht, ich will nach Hause.»

«... euch will doch keiner ha-haben...»

Der Lärm war so unerträglich geworden, daß Rosemary schon die Hände gehoben hatte, um sich die Ohren zuzuhalten, da ging plötzlich die Tür auf. Augenblicklich trat Ruhe ein. Als sich herausstellte, daß es nur Dorothy Davenport war, wollte der eine oder der andere wieder anfangen, doch dann sahen sie Dorothys Gesicht und hielten den Mund.

«Was ist denn?» Rosemary trat rasch zu ihrer Freundin. «Was ist geschehen, Dot?»

Dorothy blieb unter der Tür stehen. Sie war blaß und zitterte.

«Ich... ich hab gesehen...»

Rosemary nahm ihren Arm.

«Was denn? Was?»

Dorothy brach in Tränen aus.

«Überall Blut, Rose», schluchzte sie. «Seine Sachen in Fetzen, Wunden überall im Gesicht und an den Händen.»

Sie fröstelte.

«Was mögen sie mit ihm gemacht haben, dem Ärmsten?»

«Mit wem?» fragte Rosemary.

Dorothy sah ihre Freundin mit stumpfem Blick an.

«Mit George Channing. Dem Cornedbeef-Millionär.»

2

«Eine interessante Entwicklung, findest du nicht?»

Die Freundinnen saßen nebeneinander an ihren angestammten Plätzen, Dorothy noch immer mit bebenden Händen und zuckenden Lippen. Blicklos starrte sie auf die undurchsichtige Plastikfolie vor der Scheibe. Die anderen Heimbewohner waren – erschöpft von ihrem Ausbruch – wieder in ihre frühere Teilnahmslosigkeit verfallen.

«Im Grunde war es vorauszusehen», fuhr Rosemary fort. «Es kommt häufiger vor, daß der Hauptverdächtige zum nächsten Opfer wird. Ich hatte diese Möglichkeit vor allem auch deshalb nicht berücksichtigt, weil der Trick allmählich doch recht abgedroschen ist.»

Dorothy schluchzte auf und haschte nach der Hand der Freundin.

«Er ist tot, Rose.»

«Sie sind alle tot», erwiderte Rose sachlich. «Sonst hätten wir ja keine Opfer.»

Dorothy schüttelte heftig den Kopf. «Das ist etwas anderes. Diesmal ist es echt. Sie haben ihn umgebracht.»

Rosemary zog die Brauen hoch.

«‹Sie›, Dot? Du glaubst demnach, daß es sich um mehr als einen Täter handelt?»

«Du weißt, wen ich meine. Sie trugen ihn gerade ins Haus, als ich durch die Diele kam. Überall war Blut, sein Gesicht war kaum wiederzuerkennen, es –»

Rosemary zog ihre Hand weg und unterdrückte diskret ein leises Frösteln.

«Auf melodramatische Szenen können wir gern verzichten, Dorothy, auch wenn ...»

Sie unterbrach sich und lachte. «Nein, wirklich, Dot! Du bist mir schon eine...»

Dorothy sah sie verständnislos an.

«Du hast mich ganz schön reingelegt», fuhr Rosemary bewundernd fort. «Die klassische Technik: Man verstecke den entscheidenden Hinweis in einer blutrünstigen Sensationsstory. Fast hätte ich es geschluckt. ‹Sein Gesicht war kaum wiederzuerkennen...› Natürlich, das ist die Lösung.»

Sie griff nach dem Geschlinge aus fransigem Garn, das Dorothy aufgeräufelt hatte, und wickelte den Faden rasch zu einem ordentlichen Knäuel auf.

«Wir wissen, daß Randolph Fitzpayne sich als George Channing ausgab, um Hilary Bryant zu beseitigen. Nach der Tat mußte er seine Spuren verwischen, um sich und Lady Belinda Scott die Flucht nach Amalfi zu ermöglichen, wo er eine Villa –»

«Antibes.»

Rosemary nickte lächelnd.

«Entschuldige, Dot, du hast natürlich recht. Antibes. Und wie könnte er besser sicherstellen, daß man ihm das Verbrechen nicht zur Last legt, als durch den Mord an George Channing? Einen Toten kann die Polizei nicht verhaften – zumal nicht einen, den es nie gegeben hat.»

Sie reichte der Freundin das Wollknäuel.

«Aber wenn es nicht Channing war, den ich gesehen

habe, wer dann?» widersprach Dorothy matt. «Sonst ist doch keiner da.»

«Es ist sonst auch keiner da, der als Mörder in Frage käme», sagte Rosemary.

«Und was ist mit Mr. Anderson und Miss Davis? Ich habe sie den Toten hochtragen sehen. Wie einen Sack Kohle.»

Rosemary warf ihr einen vernichtenden Blick zu.

«Für solche niederen Dienste, zum Holen und Bringen und dergleichen, ist das Personal ja schließlich da. Aber Morde werden nicht von Dienstboten begangen, das ist eine eiserne Regel. Ein dienstbarer Geist als Mörder wäre völlig uninteressant. Da könnte man sich ja gleich von einer Straßenbahn überfahren lassen! Nein, nein, der Täter muß aus unseren Kreisen kommen. Aus den besseren Kreisen...»

Dorothy schlug die ersten Maschen an.

«Ja, aber sonst ist doch keiner da», wiederholte sie. «Wir saßen alle hier im Salon.»

«Bis auf dich», bemerkte Rosemary halblaut.

Dorothy hielt mitten in der Bewegung inne.

«Wie meinst du das?»

«Ich stelle nur fest, daß du als einzige kein Alibi hast», antwortete Rosemary. «Du hast kurz vor der Attacke unter dem Vorwand, dir die Nase pudern zu müssen, den Salon verlassen und bist gleich darauf wiedergekommen, um eine sehr überzeugende hysterische Schau abzuziehen.»

Dorothy lachte und fing wieder an zu stricken.

«Dummes Zeug. Was für ein Motiv sollte ich wohl haben?»

«Ein Motiv findet sich immer», sagte Rosemary. «Vielleicht bist du die leidenschaftliche Südamerikanerin, mit deren Gefühlen Channing alias Randolph Fitzpayne in Patagonien gespielt hat und die ihm nach England nachgereist ist, um Rache zu üben.»

Dorothy sah sie empört an.

«Das geht zu weit, Rose! Sehe ich aus wie eine windige Südländerin?»

Wieder öffnete sich die Tür, und ein hagerer Mann Mitte Vierzig mit blauem Blazer und weißen Flanellhosen kam herein. Das langgezogene Gesicht war hochrot, ein spärlicher Rest von Haaren war sorgfältig auf dem blanken Schädel verteilt. Er rollte einen Wagen mit einer großen Kanne Tee und einem Stapel Tassen und Untertassen herein.

«Tag, ihr Lieben», rief er jovial.

«Guten Tag, Mr. Anderson», grüßte es von allen Seiten.

Der Mann griff sich das geschliffene Glas, das auf dem Wagen stand, und trank genüßlich einen Schluck von der bernsteinfarbenen Flüssigkeit.

«Und wie geht's uns heute, Mavis?» fragte er Mrs. Hargreaves.

Die strahlte ihn an. «Lassen Sie sich nur meinetwegen keine grauen Haare wachsen, Mr. A., ich mach's noch ein Weilchen.»

«Das will ich hoffen, Mavis. Allerdings sollten Sie doch noch mal über die Sache nachdenken, die wir neulich besprochen haben.»

Er zwinkerte Mrs. Hargreaves vielsagend zu.

«Ich werde sie in meinem Herzen bewegen, Mr. A.»

«Hoffentlich nicht zu lange.»

Mrs. Hargreaves warf ihm einen schelmischen Blick zu.

«Rom ist auch nicht in einem Tag erbaut worden», sagte sie.

Anderson nahm noch einen Schluck.

«Sehr richtig. Trotzdem würde ich Sie gern auf den ebenso schönen wie wahren Spruch aufmerksam machen, daß der Mensch nicht vom Brot allein lebt, und was du heute kannst besorgen... et cetera, et cetera. Im übrigen hat jemand aus Ihrer Gruppe in dieser Frage gerade eine Entscheidung getroffen. Leider darf ich Namen und Geschlecht der betreffenden Person nicht verraten...»

Mrs. Hargreaves kicherte. «Was sagten Sie eben?»

«Geschlecht, Mavis. Stark und schwach, männlich und weiblich. Vielleicht erinnern Sie sich noch aus grauer Vorzeit an den kleinen Unterschied? Ja, wie gesagt, der Wohltäter hat um Anonymität gebeten, und zwar aus Gründen, die ich respektieren muß, wiewohl ich persönlich sie nicht nachvollziehen kann.»

Er leerte sein Glas.

«Ach, Scheiß, was soll's: Es war Mrs. Davenport.»

Rosemary entfuhr ein leiser Laut. Anderson trat an Dorothy heran und legte ihr eine Hand auf den Kopf.

«Wir sind hier alle eine große, glückliche Familie, ich sehe deshalb nicht ein, weshalb ich ein Geheimnis daraus machen soll, daß Dorothy letzte Woche um den Besuch eines Anwalts gebeten hat, um ihr Testament zu ändern. Die Einzelheiten sind natürlich *sub rosa*, um nicht zu sagen *in petto*, aber soviel darf ich wohl sagen, daß Letty zwei Zeugen aus dem Dorf anschleppen mußte, weil sie und ich dafür nicht in Frage kamen. Denkt euch dabei, was ihr wollt.»

Rosemary sah ihre Freundin entgeistert an. Mr. Anderson ging wieder zu Mrs. Hargreaves und griff nach einer der Postkarten, die in Reihen auf den Decken ausgelegt waren.

«Wir müssen Ihnen doch mal richtige Spielkarten besorgen, Mavis. Schmiert vielleicht die Gehirnwindungen.»

Er machte eine weit ausgreifende Handbewegung.

«Ein Fernseher wäre sicher auch nicht schlecht, von abwechslungsreicherer Kost ganz zu schweigen. Die Kochkünste meiner Schwester sind schon in guten Zeiten eher unterdurchschnittlich, aber wenn ich mich recht erinnere, gab's neulich zehn Tage hintereinander Irish Stew und Tapiokapudding. Ein schwerer Fall von Menschenrechtsverletzung, wenn ihr mich fragt.»

Er stieß einen tiefen Seufzer aus.

«Mit der nötigen Kohle ließe sich in puncto Freizeitgestaltung und Wohnqualität so allerlei machen. Es ist natürlich nicht hoch genug anzuerkennen, daß Mrs. Davenports Geld unserer kleinen Gemeinschaft zugute kommen soll und nicht den Horden undankbarer Anverwandter, die sich nicht mal die Mühe machen, ihr ein Kärtchen aus Torbay zu schicken, geschweige denn sie hin und wieder zu besuchen. Zu meinem Bedauern hat sie sich allerdings nicht dazu durchringen können, die Scheinchen bar auf den Tisch des Hauses zu blättern. Das heißt, daß wir erst kassieren, wenn sie sich die Radieschen von unten besieht.»

Bekümmert schüttelte er den Kopf.

«Welche Ironie des Schicksals, daß das Ableben unserer Wohltäterin und geliebten Hausgenossin dadurch zu einem sehnsüchtig herbeigesehnten Ereignis wird. Wieviel passender und wünschenswerter für alle Beteiligten wäre es, wenn uns das Geld in Form eines langfristigen, zinslosen Darlehens zur Verfügung stünde.»

Er wandte sich mit dramatisch ausgestreckten Armen wieder Mrs. Hargreaves zu.

«Na, wie steht's, Mavis? Ja oder nein? Entscheiden Sie sich. Wir warten.»

Mrs. Hargreaves lächelte albern. «Ich bin nicht für übereilte Entscheidungen.»

Anderson seufzte abgrundtief.

«Na schön...»

Er ließ seinen Blick über die versammelten Heimbewohner wandern. «Aber ich muß Sie darauf aufmerksam machen, daß in Kürze nie gekannte Entbehrungen auf Sie zukommen werden, wenn nicht irgendwer eine kräftige Finanzspritze rausrückt. Da heißt es, die Zähne zusammenbeißen und den Gürtel enger schnallen. Das Unglück von vorhin hätte sich höchstwahrscheinlich vermeiden lassen, wenn wir zusätzliches Personal hätten einstellen können.»

Er deutete auf Dorothy.

«Sie haben den anderen das von Channing erzählt?»

«Blut», stieß Belinda Scott hervor. «Überall Blut, hat sie gesagt.»

Anderson nickte aufgeräumt.

«Ja, einiges von dem edlen Lebenssaft ist in der Tat durch die Gegend gespritzt, sogar meine Hose hat was abgekriegt. Deshalb war ich genötigt, mich in diese mottenkugelmüffelnde Kluft zu werfen.»

Er kippte das Glas und ließ sich den letzten Tropfen in den geöffneten Mund rinnen.

«Zum Glück scheint der Schaden nicht so groß zu sein, wie wir zunächst dachten», fuhr er fort. «Letty hat sofort Erste Hilfe geleistet, und wenn wir Glück haben, wird man kaum noch was sehen, wenn die Klamotten von der Reinigung kommen.»

Wieder seufzte er.

«Channing allerdings sieht aus wie durch den Fleischwolf gedreht, aber das ist ja kein Wunder. Wir erwarten jeden Augenblick Dr. Morel mit Mrs. Davenports Untersuchungsbefund, der kann dann gleich George die erlösende Spritze verpassen.»

Er machte ein ernstes Gesicht.

«Ich kann nur dringend davon abraten, vor einem Dobermann die Flucht zu ergreifen. Ein flüchtender Zweibeiner weckt bei diesen Biestern den atavistischen Trieb, die Beute zu zerreißen.»

Draußen fuhr ein Wagen vor.

«Das wird Jim sein», bemerkte Anderson.

Er schenkte Dorothy ein teilnahmsvolles Lächeln.

«Sie möchten natürlich baldmöglichst Klarheit über Ihr Geschick erhalten, Mrs. Davenport. Wütet der Krebs schon in Ihrem Leib wie ein außer Kontrolle geratener Waldbrand, oder ist er derzeit noch auf ein bestimmtes Organ beschränkt, das sich beschneiden oder herausoperieren läßt? Das ist die Frage, die uns alle beschäftigt, und ich werde Ihnen die Antwort verschaffen, sobald Jim den alten Channers zusammengeflickt hat. Und nun nehmen Sie sich bitte Ihren Tee. In Ihrem eigenen Interesse rate ich Ihnen dringend, dabei keine größere Schweinerei zu veranstalten. Nach dem, was ich heute früh im Klo habe schwimmen sehen, hat Letitia ihre Tage, und Sie wissen, daß sie dann – besonders nach zusätzlichen seelischen Belastungen – ein wenig reizbar ist. Tschüß, ihr Lieben.»

Fröhlich winkend ging Anderson hinaus. Die Heiminsassen standen auf und scharten sich schweigend um den Teewagen. Belinda hatte sich die Teekanne gegriffen.

«Anstellen», blaffte sie. «In alphabetischer Reihenfolge. Ayres?»

Verlegenes Schweigen.

«Ist er nicht tot?» fragte Grace Lebon halblaut.

«Für Sie immer noch Miss Scott», schnauzte Belinda.

Rosemary ging zum Teewagen, während Dorothy matt in ihrem Sessel lag und mit schiefgelegtem Kopf auf Geräusche von draußen lauschte.

«Roland und Hilary sind tot», sagte Rosemary. «Mr. Channing ist auf seinem Zimmer, also ist Dorothy die nächste. Sie fühlt sich nicht wohl, ich bringe ihr den Tee.»

«Kommt nicht in Frage», fuhr Belinda Scott sie an. «Du wartest, bis du dran bist, wie alle anderen auch.»

Sie schenkte Tee in die dicken, angeschlagenen Tassen, kippte in jede einen Schuß Milch und legte ein Tütchen Zukker auf die Untertasse. Als Rosemary endlich an der Reihe war, nahm sie eine Tasse für sich und eine für Dorothy entgegen und ging zu ihrer Freundin, die auf das verblaßte Blumenmuster des Linoleums starrte.

Sie riß die Zuckertütchen auf und schüttete den Inhalt in die graue Flüssigkeit, auf deren Oberfläche sich träge ölige Wirbel drehten.

«Das wäre eine gute Mordmethode», sagte sie halblaut.

In der Stille war nur das Klirren der Tassen zu hören. Purvey schlürfte den Tee durch sein Gebiß.

«Wie viele sind es jetzt?» fragte Dorothy plötzlich.

Rosemary sah sie von der Seite an.

«Wie viele? Was meinst du?»

«Und nie gibt es eine amtliche Untersuchung», fuhr Dorothy fort. «Schließlich ist es ja etwas ganz Natürliches, wenn ein alter Mensch stirbt.»

Rosemary trank ihren Tee in kleinen Schlucken.

«Ich rede nicht von normalen Sterbefällen», sagte sie ablehnend. «Sondern von Mord.»

Dorothy lächelte matt.

«Ja, sicher, das ist etwas anderes.»

Rosemary nahm eins der leeren Tütchen in die Hand.

«Der Mörder brauchte nur eins dieser Dinger über Dampf zu halten und vorsichtig aufzumachen. Dann würde er...»

Sie unterbrach sich und sah die Freundin erwartungsvoll an.

«Oder sie...» sagte Dorothy schließlich.

Rosemary nickte. «...das Tütchen mit Gift füllen...»

«...aus dem Geräteschuppen im Kräutergarten...»

«...in den sich alle Gäste irgendwann einmal begeben hatten...»

«...unter mehr oder weniger fadenscheinigen Vorwänden», schloß Dorothy. «Ja, aber wie würdest du sicherstellen, daß wirklich das Opfer das Tütchen mit dem Gift bekommt?»

Rosemary runzelte die Stirn.

«Das habe ich mir noch nicht überlegt.»

Dorothy trank ihren Tee. «Kakao wäre besser», sagte sie.

«Aber der ist schon gezuckert», wandte Rosemary ein.

Dorothys Nadeln klickten. «Ja, aber der Eigengeschmack ist so stark, daß man Gift hineingeben könnte, ohne daß das Opfer etwas merkt.»

Rosemary schüttelte den Kopf.

«Das Problem bleibt sich gleich, Dot. Die Kakaobecher werden einfach auf einem Tablett in der Diele abgestellt. Daß das Gift den oder die Richtige trifft, läßt sich deshalb nicht sicher arrangieren.»

Dorothy legte das Strickzeug aus der Hand und die Hände um die Teetasse, als wollte sie sich daran wärmen.

«Ich nehme immer den blauen. Die meisten greifen jeden Abend zu demselben Becher. Deiner ist der braune mit dem angeleimten Henkel. Charles hat am liebsten den dunkelgrünen, Grace bevorzugt den rosafarbenen. Weatherby nimmt immer den scheußlichen Krönungsbecher, und Mrs. Hargreaves...»

«Du hast doch nicht wirklich dein Testament geändert, Dot?» fuhr Rosemary dazwischen.

Dorothy fing wieder an zu stricken und gab keine Antwort.

Rosemary musterte ihre Freundin besorgt.

«Es geht mich natürlich nichts an», fuhr sie fort, «aber ich an deiner Stelle würde mich auf Versprechungen gewisser Stellen nicht verlassen.»

Dorothy griff sich an die Brust und stöhnte.

«Was ist?» rief Rosemary erschrocken.

«Nichts, nichts. Könntest du wohl so lieb sein und mir meine Medizin holen? Ich bin nun doch nicht oben gewesen, und jetzt tut es wirklich ziemlich weh.»

Rosemary sprang auf. «Sonst noch etwas?»

Dorothy lächelte mühsam.

«Könntest du mir wohl deine schöne dicke Strickjacke mitbringen? Im Winter spüre ich die Kälte hier doch sehr.»

«Ja, natürlich. Aber es ist erst September. Oder allenfalls Oktober.»

«September, Oktober», erwiderte Dorothy trübe. «Was liegt an Worten, Rose? Ich friere.»

3

Rosemary ging über den langen Gang im ersten Stock, an dem die Zimmer der Heimbewohner lagen. Die meisten Türen waren geschlossen oder angelehnt, aber jetzt kam sie zu einer, die sperrangelweit offenstand. Das Zimmer dahinter sah aus wie für einen Neuzugang vorbereitet. Möbliert war es, genau wie die anderen, mit einem robusten Metallbett, Nachtschränkchen, Kommode, Kleiderschrank und einem hölzernen Armstuhl.

Alles war an seinem Platz und peinlich genau ausgerichtet, nicht ein Staubkörnchen war zu sehen. Das Bett war sorgfältig gemacht und zurückgeschlagen, die Gerätschaften, die Mr. Purvey wegen seines Diabetes benötigte, in einem übersichtlichen geometrischen Muster auf der Kommode angeordnet. Purvey benahm sich, obgleich er schon seit mehreren Jahren im Heim war, noch immer wie ein ungeladener Gast, dessen Abreise längst überfällig ist. Vielleicht wollte er gleich auf den ersten Blick dartun, daß er keinerlei Anspruch auf Privatsphäre, geschweige denn Privatbesitz erhob, und daraus hatte sich dann dieser Ordnungs- und Reinlichkeitstick entwickelt.

Rosemary öffnete die gegenüberliegende Tür und trat ein. Sie war heilfroh, daß sie eins der kleinen Zimmer bekommen hatte, bei denen eine Unterteilung nicht mehr möglich gewesen war. Die Wände waren dick, die Proportionen vernünftig, zwei große Fenster boten einen schönen Blick auf die Anlagen vor dem Haus. Trotz der dicken Schmutzschicht auf den Scheiben konnte man den früheren Crocketplatz, den Steingarten dahinter und die Wiesen erkennen, die sich bis zu den Hügeln am Ende des Tals erstreckten. Dort oben war eine Fahrstraße, und wenn die Hecken und Bäume unbelaubt waren, blitzte hin und wieder als Farbfleck ein vorüberhuschender Wagen auf.

Jetzt hörte sie Schritte und richtete den Blick rasch wieder auf den Vordergrund, wo ein Mann in dunklem Mantel über den unkrautdurchsetzten Kies zu der blauen Limousine ging, die vor dem Haus stand und deren Motor beim Abkühlen leise tickte. Der Mann öffnete die hintere Tür, griff in den Wagen und drehte sich wieder um. Er hatte eine schwarze Arzttasche in der Hand. Rosemary trat schnell zurück. Dann knirschten die Schritte in Richtung Haus, man hörte gedämpft die Haustür klappen.

Rosemary zog die mittlere Schublade der Kommode auf, die zwischen den beiden Fenstern stand, und holte eine grüne Strickjacke heraus. Darunter kam ein vergilbtes Zeitungsblatt mit einem Artikel über eine Landwirtschaftsausstellung zum Vorschein. Sie schloß die Schublade wieder, was ein wenig mühsam war, da sie häufig klemmte, und wollte gerade die Tür aufmachen, als sie draußen gummibesohlte Schuhe über den Gang tappen hörte.

«*Hast du etwas ausgefre-he-ssen, werd so leicht ich's nicht verge-he-ssen*», sang eine kräftige Frauenstimme, «Jawohllja. Da kannste Gift drauf nehmen.»

Erst als die plattfüßig platschenden Schritte verhallt waren, wagte Rosemary sich hinaus und schloß die Tür sorgfältig hinter sich. Jetzt schnell weiter zu Dorothys Zimmer!

Es ging nach Norden hinaus und bekam daher keine Sonne. Der Blick über den früheren Kräutergarten, die Stallungen und diversen Nebengebäude war ziemlich reizlos. Überdies war Dorothys Quartier Teil eines größeren Zimmers, aus dem man in den fernen Tagen, als das Heim «Abendsonne» unter der energischen Leitung der alten Mrs. Anderson noch ein florierendes Unternehmen mit einer langen Warteliste gewesen war, kurzerhand zwei gemacht hatte.

Seit ihr Sohn das Heim leitete, hatte sich die Zahl der Bewohner durch «natürlichen Abgang», wie es so schön hieß, immer mehr reduziert, aber die Zwischenwände, dünne Gipskartonplatten, durch die man jedes Geräusch im Nachbarzimmer hörte, waren nicht wieder ausgebaut worden. Für Dorothy war das besonders unangenehm, da ihr Nachbar George Channing laut zu schnarchen pflegte. Rosemary hatte versucht, der Freundin Mr. Purveys jetziges Zimmer zuzuschanzen, aber Mr. Anderson hatte erklärt, die Heimbewohner müßten, «um jeden Verdacht der Günstlingswirtschaft im Keim zu ersticken», die ihnen beim Einzug zugeteilten Räume behalten.

Die Tür zu dem ursprünglichen großen Raum führte jetzt in einen engen Verschlag, von dem aus feuerhemmende Türen in die Zimmer rechts und links führten. Rosemary wollte gerade die Tür zu Dorothys Zimmer aufmachen, als sie von nebenan lautes Stöhnen hörte. Sie zögerte einen Moment, dann drehte sie entschlossen den Türknauf, trat ein und besah sich einigermaßen fassungslos das Bild, das sich ihr bot.

In dem Zimmer herrschte heilloses Chaos. Blutbefleckte Kleidungsstücke lagen herum, auch an den Wänden, auf der umgestürzten Kommode und dem kaputten Stuhl war Blut. Der Boden war mit Glasscherben bedeckt. Kalt wehte der Wind durch das zerbrochene Fenster und zerrte an den Vorhängen. Doch all das nahm Rosemary kaum zur Kenntnis. Ihre Aufmerksamkeit galt dem Mann, der, an Händen und Füßen an den Bettrahmen gefesselt, das Gesicht totenbleich und voller Schrunden und Abschürfungen, mit blutverschmierter zerrissener Kleidung auf dem Bett lag.

Den Mund hatte man ihm mit Leukoplast verklebt. Stumm war sein flehender Blick auf Rosemary gerichtet, ein schauerliches Stöhnen ließ seinen ganzen Körper erbeben. Noch ehe Rosemary einen klaren Gedanken fassen, geschweige denn etwas unternehmen konnte, hörte sie Stimmen auf dem Gang. Nach einem letzten hilflosen Blick auf den übel zugerichteten Mann konnte sie gerade noch in Dorothys Zimmer verschwinden.

«Zu schade, daß er sich nicht den Hals gebrochen hat», sagte Anderson. «Blessierte nützen mir nichts. Was ich brauche, sind Leichen.»

«Willst du unbedingt Ärger mit der Polizei haben?» Rosemary erkannte die Stimme von Dr. Morel. «Wenn sie im Bett sterben, macht mir das keine Probleme, aber so was wie heute ist ganz schön heiß. Ihr hättet das Fenster vergittern sollen.»

«Kostet alles Geld. Außerdem macht es keinen guten Eindruck.»

«Und was macht es für einen Eindruck, wenn ein Teilnehmer der Luftschlacht um England mit über achtzig einen waghalsigen Fluchtversuch unternimmt? Die Leute werden sich fragen, wieso er wegwollte.»

«Das werden sie nicht, Jim. Weil sie es nicht erfahren werden, solange du den Mund hältst.»

«Und dann den Hund auf ihn zu hetzen...»

Mehr war nicht zu verstehen. Die beiden waren ins Nebenzimmer gegangen und hatten die Tür hinter sich zugemacht. Rosemary trat ans Fenster und drückte die grüne

Strickjacke fest an sich. Brombeeren hatten den ummauerten Küchengarten überwuchert, die langen Triebe bildeten ein undurchdringliches Dickicht. Nur ein schmaler Betonplattenweg war freigehalten worden, der von der Hintertür zu einem Türchen in der Mauer führte. Auf halbem Wege war so etwas wie eine kleine Lichtung, auf der sonst Andersons Dobermann angebunden war. Heute lag die orangerote Nylonleine hundelos zwischen hohen Kothaufen.

Von nebenan hörte man Stimmengemurmel. Rosemary ging auf Zehenspitzen zum Bett, hockte sich hin und legte das Ohr an die Wand.

«Das darf ja wohl nicht wahr sein», stieß Morel hervor. «Hast du deiner Töle etwa die Zähne noch extra spitz gefeilt?»

«Klaus ist ein Kampfhund», erwiderte Anderson ziemlich von oben herab. «Sein Gebiß ist das Ergebnis gezielter Zucht über Generationen.»

«Schade, daß sie vergessen haben, ihm ein Gehirn anzuzüchten.»

«Der Alte ist selber schuld, Jim. Hätte Klaus ihn nicht geschnappt, hätte ihn früher oder später ein Autofahrer plattgemacht.»

«Ich bleibe dabei, Bill: So einen Laden kannst du nicht ohne Personal betreiben.»

«Ich hab Letty schließlich nicht nur ihrer schönen Augen wegen.»

«Nicht ohne einigermaßen humanes Personal. Das möglichst auch noch minimale Fachkenntnisse haben sollte.»

«Alles eine Geldfrage», seufzte Anderson. «Apropos Geld: Gibt's Gutes von unserer lieben alten Davenport zu vermelden?»

Rosemary zog schnell den Kopf zurück, stieg vom Bett und ging zu der Kommode an der gegenüberliegenden

Wand, auf der Dorothys kärgliche persönliche Habe stand: Ein kleiner Leuchtturm mit der Aufschrift *Land's End*, ein vergilbtes Foto von zwei ernsthaften Kindern, die sich bei der Hand hielten, ein Satz Mini-Schnapsfläschchen in einem hölzernen Ständer, ein chinesischer Fächer mit kaputter Schließe, ein Strauß getrockneter Mohnblumen. Und eine braune Flasche mit einem maschinegeschriebenen Etikett *Mrs. D. Davenport. Nach Vorschrift einzunehmen. Angegebene Dosis nicht überschreiten*. Mit einem Gummiband war ein Löffel aus durchsichtigem Plastik an der Flasche befestigt, seine Höhlung war leicht bläulich verfärbt.

Rosemary griff nach der Flasche, klemmte sich die Strickjacke unter den Arm und ging leise zur Tür. In dem kleinen Vorraum waren die Stimmen wieder ganz deutlich zu hören.

«…ausgeschlossen», sagte Morel gerade. «Ich habe den Bericht des Kollegen gelesen, Bill. Wenn sie noch mal aus dem Krankenhaus rauskommt, dann nur mit den Füßen voran.»

«Gut zu wissen. Aber wann?»

«Schwer zu sagen. In ein paar Monaten vielleicht. Es könnte sogar bis zu einem Jahr dauern. Bei Leuten in unserem Alter wären es nur Wochen, aber komischerweise machen es die Alten immer länger. Der Stoffwechsel wird träger, so daß ihnen selbst ein bösartiger Tumor nur ganz allmählich den Garaus macht.»

«Und wenn sie den Schwestern was von unserem Freund hier erzählt? Wehe, die Presse kriegt Wind von der Sache…»

«Keine Bange, Bill, die stopfen sie dort rigoros mit Schmerzmitteln voll, und bei der derzeitigen Pflegesituation hat doch keiner Zeit, an den Betten rumzustehen und zu quatschen.»

«Trotzdem wär's mir lieber, wenn sie hierbleiben könnte.»

«Nichts zu machen, Bill. Wenn die Maschinerie erst einmal in Gang gesetzt ist...»

Rosemary ging rasch und möglichst leise wieder nach unten. Im Spiegel sah sie, daß sie den Rücken ihrer rechten Hand tätschelte, in der sie die Medizinflasche hielt. Diese Geste war das Äußerste an körperlicher Intimität gewesen, was ihre Mutter, eine kühle Frau, der Tochter je gegönnt hatte – und auch das nur zu besonderen Anlässen, wenn es ihrer Meinung nach nötig oder wünschenswert gewesen war, das Kind ruhigzustellen. Insofern hatte das Tätscheln eine ähnliche Funktion wie die kleine Flasche mit Kognak, die «nur als Medizin» im Badezimmerschränkchen gestanden hatte.

Entschlossen wandte Rosemary sich ab. Dieser lächerliche Spiegel würde es nicht schaffen, sie rührselig zu machen. Spiegel hatten blank, hart und flach zu sein und sie gefälligst als das zu zeigen, was sie sein wollte: eine ältliche unverheiratete Tante, die ihre Gefühle jederzeit im Griff hat. Sie war sehr erleichtert, im Salon alle Gäste noch an ihrem Platz vorzufinden – den Oberst mit seiner Zeitung, Belinda am Piano, Hochwürden mit seinem Buch vor der Nase, das Liebespaar über dem Puzzle, die in Decken gehüllte kränkelnde Witwe, den Juden am Telefon. Nur George Channing, der Cornedbeef-Millionär, glänzte durch Abwesenheit.

Rosemary setzte sich neben die Freundin.

«Wir müssen miteinander reden, Dot», sagte sie drängend. «Hier, zieh die Strickjacke über. Ich war eine dumme Gans. Nein, nicht diesen Knopf, da unten ist noch einer. Wir waren beide auf dem falschen Dampfer, und fast hätte ich nicht mehr rechtzeitig erkannt, wie es sich wirklich verhält. Schluck schnell deine Medizin, dann erkläre ich dir alles.»

Sie streckte Dorothy die braune Flasche hin. Doch die Freundin schüttelte den Kopf.

«Es ist schon wieder besser.»

«Bestimmt?»

«Ich möchte sie nur nehmen, wenn es wirklich nicht anders geht. Und wieso falscher Dampfer?»

Rosemary beugte sich vor und machte ein ernstes Gesicht. «Unser Kardinalfehler war die Annahme, daß jedem der bisher begangenen Morde ein logisches Motiv zugrunde liegt», sagte sie. «Wir sind davon ausgegangen, daß Roland Ayres und Hilary Bryant aus Rache – bezugsweise wegen ihres Geldes oder um sie zum Schweigen zu bringen – ermordet wurden. Zum drittenmal ist nun jemand aus unserem kleinen Kreis das Opfer eines scheinbar sinnlosen –»

Dorothy bewegte sich unruhig in ihrem Sessel. «Warum läßt sich Dr. Morel soviel Zeit, Rose?» stieß sie gequält hervor. «Weiß er denn nicht, wie schwer das für mich ist? Warum können sie es mir nicht endlich sagen, damit ich es hinter mir habe?»

«Reiß dich zusammen, Dorothy Davenport», sagte Rosemary streng. «Wir haben es mit einem skrupellosen und gerissenen Mörder zu tun, der bereits dreimal zugeschlagen hat. Um wen es sich dabei handelt, weiß ich zwar noch nicht, aber ich kenne den Namen seines – oder ihres – nächsten Opfers.»

Dorothy lächelte matt.

«Kannst du denjenigen retten?»

«Diejenige.»

«Wer ist es denn?»

«Du.»

Dorothy machte große Augen. «Ich?»

«Es tut mir so leid», seufzte Rosemary. «Du mußt jetzt sehr tapfer sein.»

«Aber –»

«Als ich vorhin oben war, kam mir blitzartig die Erleuchtung. Denk einmal an vorhin, als wir unseren Tee bekamen. Belinda Scott hatte sich wieder mal über irgendwas geärgert und bestand darauf, den Tee in alphabetischer Reihenfolge auszugeben...»

«Aber du mußtest bis zum Schluß warten, dabei hast du auch meinen Tee mitgebracht. Das war ungerecht, Rose, so was darf man sich nicht gefallen lassen. Ich an deiner Stelle –»

«Darum geht es nicht», zischelte Rosemary. «Denk an die Namen der Opfer: Ayres, Bryant, Channing. Na, dämmert es dir jetzt? Es handelt sich um einen sogenannten ABC-Mörder. Und das bedeutet, daß du das nächste Opfer bist.»

Dorothy schnalzte ungehalten mit der Zunge. «Komm, Rose, das ist nun wirklich ein bißchen weit hergeholt. Was du da erzählst, erinnert mich sehr an einen dieser grauenvollen amerikanischen Schmöker, in denen ein Irrer unbekannte Mitmenschen mit einer Axt zerlegt, weil er eine unglückliche Kindheit hatte. Tut mir leid, aber so was liegt mir nicht. Das Leben ist schon schwer genug. Warum soll man es sich mit solchen Horrorgeschichten noch schwerer machen?»

Rosemary lächelte überlegen.

«Mit dieser Einstellung spielst du dem Mörder geradezu in die Hand, Dot! Er will – und das ist in der Tat raffiniert gedacht – den Eindruck erwecken, daß die Morde von einem dieser unerfreulichen Psychopathen begangen werden. Dabei legt er damit nur falsche Fährten, um zu verschleiern, auf wen er es in Wirklichkeit abgesehen hat.»

Dorothy kniff die Augen zusammen und musterte die Freundin argwöhnisch.

«Ganz neu ist das aber nicht, was?»

«Willst du damit behaupten, daß ich ein Plagiat begehe?» fragte Rosemary empört.

«Aber nein, Rose, das Thema kommt mir nur so bekannt vor.»

«Wir haben jetzt keine Zeit, über die subtilen Details des Genres zu diskutieren, Dot! Solange du hier bist, schwebst du in Lebensgefahr! Diese Nacht könnte deine letzte sein. Wir müssen dich um jeden Preis hier herausbringen.»

«Mach dich nicht lächerlich. Hier ist noch keiner rausgekommen. Du siehst ja, wie es Channing ergangen ist.»

Rosemary nahm die Hand ihrer Freundin und lächelte zuversichtlich.

«Wir lassen uns etwas einfallen.»

Dorothy schüttelte den Kopf.

«Weshalb sollte mich jemand umbringen? Das macht keinen Sinn, Rose, und Geschichten, die keinen Sinn machen, mag ich nicht. Und ich will nicht weg von hier, ich will bei dir bleiben. Du siehst das falsch, bestimmt. Wir sind schließlich die Detektive, und den Detektiven passiert doch nie was.»

Die Tür flog geräuschvoll auf, wieder stürmte die Frau in dem schmuddeligen Overall in den Salon. Verächtlich schnüffelnd sah sie sich um und steuerte dann die Ecke an, in der Rosemary und Dorothy saßen. Unterwegs aber blieb sie noch mal stehen, es sah aus, als nähme sie jetzt gezielt eine Witterung auf. Langsam drehte sie sich einmal um die eigene Achse und musterte die Heimbewohner, die rasch wegsahen, wenn ihr Blick sie traf. Dann nahm sie die beiden alten Leute ins Visier, die über ihrem Puzzle saßen, zog die Träger ihres Overalls hoch und grinste breit.

«Symes!»

Charles Symes zuckte zusammen, sah aber nicht auf. Langsam, mit wiegenden Hüften, ging Letty Davis auf ihn zu.

«*Hast du etwas ausgefressen, werd so leicht ich's nicht vergessen*...» sang sie leise.

Vor Charles Symes und Grace Lebon blieb sie stehen und schnüffelte deutlich vernehmbar. Mit einer heftigen Handbewegung fegte sie den fertigen Teil des Puzzles vom Tisch.

«Sieh mich an, Symes», brüllte sie.

Langsam und mühsam drehte er den Kopf.

«Meine Nase sagt mir, daß du dich vollgeschissen hast», sagte Letty Davis fast beiläufig.

Charles Symes sah zu ihr hoch und rührte sich nicht.

«Oder hat mein Riechorgan mich getäuscht?»

Es war totenstill geworden. Miss Davis ging noch einen Schritt näher heran.

«Na, Symes?» fragte sie in einem Bühnenflüstern. «Wer von uns ist nicht in Ordnung, meine Nase oder dein Hintern?»

Abrupt richtete sie sich wieder auf.

«Aufstehen, und laß mich mal nachschauen.»

Ein hoher Jammerlaut stand plötzlich im Raum. Letty Davis fuhr herum und versetzte Grace Lebon eine heftige Ohrfeige. Das Jammern verstummte jäh. Miss Davis roch kurz an ihren Fingern, dann fuhr sie Symes an.

«Los, auf! Wird's bald?»

Symes erhob sich, sein Gesicht eine Maske.

«Hosen runter», befahl seine Peinigerin.

Mit zitternden Fingern begann Charles Symes seine Hose aufzuknöpfen. Vergeblich kämpfte er eine Weile mit dem letzten Knopf, bis Letty die Geduld verlor und ihn kurzerhand abriß. Hose und Unterhose fielen zu Boden, man sah eine runzlig-schlaffe Hinterfront, die mit einer bräunlich-schleimigen Masse bedeckt war.

«Verfluchte Sauerei!» Angeekelt besah sich Miss Davis die Bescherung und wischte sich die Hände an ihrem Overall ab.

«Von Rechts wegen müßte ich dich jetzt den ganzen Dreck auflecken lassen und dir dann den Arsch mit einem rotglühenden Schürhaken ausbrennen. Aber weil ich im Augenblick mit Channing genug an der Hacke habe, gibt's nur eine kalte Dusche, eine Abreibung mit Lysol und eine Nacht nackt auf dem Außenklo eingesperrt, damit du endlich begreifst, wozu solche Örtlichkeiten da sind. Und jetzt verpiß dich, ehe mir das Kotzen kommt, du dreckiges altes Schwein.»

Symes stolperte mit schlackernder Hose zur Tür. Letty Davis musterte die anderen alten Leutchen im Salon grimmig. Dann ging sie zu Belinda Scott hinüber und riß ihr die Papiermohnblume vom Kleid.

«Volkstrauertag ist lange vorbei, Lindy. Nicht, daß du jemanden zum Betrauern hättest, was? Oder einen, der um dich trauern würde.»

Sie zupfte die Blume auseinander und ließ die Blütenblätter zu Boden flattern.

«Stimmt's?»

«Ja, Miss Davis. Entschuldigen Sie bitte, Miss Davis.»

Letty Davis feixte. «Aber es gibt Schlimmeres. Zumindest hast du eine gewisse Chance, beim nächsten Volkstrauertag noch unter den Lebenden zu weilen. Im Gegensatz zu anderen Leuten.»

Sie zeigte mit dem Finger auf Dorothy, die rasch aufgestanden war. Auch Rosemary erhob sich. Miss Davis sah sie finster an.

«Du bist nicht gefragt, Travis.»

Rosemary drückte der Freundin die Hand.

«Ich warte hier auf dich, Dot. Mach dir keine Sorgen, es geht bestimmt alles gut aus.»

Miss Davis kam langsam näher und sah Dorothy scharf an. «Jawohl, es geht alles gut aus. Sofern du die Klappe hältst, Dorothy Davenport, kein Getue machst und stramme Haltung bewahrst. Sonst weißt du ja wohl, was dir blüht.»

Sie war ganz dicht an Dorothy herangetreten. Unvermittelt beugte sie sich vor und küßte sie auf den Mund. Dorothy stieß einen erstickten Schrei aus. Als Miss Davis zurücktrat, hatte sie Blut an den Lippen.

«Alles klar, Herzchen? In deinen Träumen hast du das bestimmt schon mal erlebt. Mehr als einmal, stimmt's? Nur wäre es diesmal kein Traum, sondern Wirklichkeit.»

Sie packte Dorothy bei der Hand und zerrte sie zur Tür. In hilfloser Verzweiflung sah Rosemary ihnen nach.

4

Als es vor dem plastikverhüllten Fenster zu dämmern begann, wich auch aus dem Salon fast unmerklich das Licht, bis die Heiminsassen nur noch als vage Schatten zu erkennen waren, die mit den Umrissen der Möbel verschmolzen. Meist saßen sie schweigend da, nur hin und wieder sagte einer etwas, und das war dann gleichsam das Stichwort für alle anderen, bis die ganze Gruppe hektisch und ohne Sinn und Verstand vor sich hin plapperte. Ebenso plötzlich brach erst einer, dann der andere mitten im Satz ab, und Schweigen senkte sich wieder über den Salon.

Diesmal hatte Samuel Rosenstein angefangen. Eigentlich hieß er Rossitter, aber Rosemary und Dorothy hatten zur Vervollständigung ihres Ensembles noch einen Juden haben wollen.

«Hallo?» rief er in den Hörer. «Hallo! Bitte verbinden Sie mich sofort mit der Polizei.»

Jack Weatherby steuerte ein paar wirre Sätze bei, die ihm aus einer Nachrichtensendung der BBC World Service im Gedächtnis geblieben waren.

«...unter der eindeutigen Voraussetzung, daß sich die Achtung derartiger Demagogen nur durch eine Demonstration der Stärke gewinnen läßt, so daß spätere Verhandlungen aus einer klaren Machtposition heraus erfolgen können...»

«...nur einen Augenblick den Rücken gedreht», rief Grace Lebon, die in Wirklichkeit mit dem Namen Higginbottom geschlagen war, «um mir was im Schaufenster anzusehen, und als ich mich wieder umdrehte, war der Kinderwagen leer.»

«...kann mich nicht erinnern, wann es mir so gut gefallen hätte», beteuerte Purvey, seines Zeichens Buchhalter im Ruhestand und ebensowenig ein Mann der Kirche, wie Weatherby Offizier war. «Leider ist wohl der letzte Zug inzwischen weg, wenn es Ihnen also nicht allzu große Umstände macht, überlege ich, ob ich nicht vielleicht bei Ihnen –»

Woraufhin Belinda Scott jäh aufsprang.

«Wir müssen sie unter uns're Fittiche nehmen, die ekligen Alten, die Unbequemen, tralali, tralala...», grölte sie.

Rosemary, die sich die größte Mühe gab, inmitten dieses Spektakels die Nerven zu behalten, warf unwillkürlich einen Blick auf die Uhr, deren Zeiger immer noch auf zehn vor vier standen. Wie lange war Dorothy jetzt schon weg? Rosemary hatte versprochen, auf sie zu warten. Würde sie überhaupt noch einmal wiederkommen? Oder hatte man sie – gefesselt und geknebelt, wie sie es mit dem armen Channing gemacht hatten – schon ins Krankenhaus geschleppt?

Erst in diesem Moment begriff Rosemary, was es bedeuten würde, die Freundin nicht mehr bei sich zu haben, und nun war sie doch nahe daran, die Beherrschung zu verlieren. Seit Jahren waren sie praktisch Tag und Nacht zusammen gewesen. Stets hatte Rosemary die Initiative ergriffen. Sie war es, die immer neue Wendungen in die von ihnen gemeinsam ausgetüftelte Geschichte einführte, die Fäden der Handlung in der Hand hielt und damit spielerisch die drükkende Last ihres Alltags ein wenig erträglicher machte.

Dorothys Aufgabe war es gewesen, die Lücken auszufüllen, die Rosemary absichtlich für sie ließ, und die Schnitzer zu entdecken, die Rosemary ebenfalls gezielt eingebaut hatte. Als Rosemary sich widerstrebend mit dem Gedanken hatte vertraut machen müssen, daß Dorothy ins Krankenhaus kommen würde, hatte sie in erster Linie daran gedacht, daß die Freundin unter der Trennung von *ihr* leiden und die unendliche Geschichte vermissen würde, an der sie Trost und Halt gefunden hatte. Jetzt erkannte Rosemary, daß die Trennung auch für sie selbst ein schwerer Verlust war.

Der verwickelte Krimi, an dem sie praktisch seit Jahren unablässig arbeiteten, war ein echtes Gemeinschaftswerk, und obschon Rosemary die Dominierende war, konnte sie ohne ihre Co-Autorin ebensowenig ausrichten wie ein Tennisspieler – und mochte er noch so genial sein – ohne Partner auf der anderen Seite vom Netz. Kalte Angst ergriff sie beim Gedanken an die Einsamkeit, die nun auf sie zukam, das unveränderliche, hoffnungslose Alleinsein bei Tag und bei Nacht. Nach und nach würde sie so werden wie die anderen – eine Stimme mehr im Chor sinn- und zielloser Verzweiflung.

In diesem Moment berührte jemand ihren Arm. Sie wandte sich um. Vor ihr stand Mrs. Hargreaves und musterte sie mit besorgter Miene. Sie hieß wirklich Hargreaves, aber das *Hiram III.* hatte Rosemary ihr angehängt, weil es so schön nach reicher amerikanischer Witwe klang. Inzwischen war Mrs. Hargreaves für Rosemary so sehr mit ihrer Romanfigur, der nörgelnden, selbstsüchtigen Alten und eingebildeten Kranken, eins geworden, daß sie sehr erstaunt, ja geschockt war, als diese sagte: «Ich hab den Eindruck, daß Sie fix und fertig sind, Miss Travis.»

«Mir geht's gut», blaffte Rosemary.

«Kann ich wirklich nichts für Sie tun?»

«Besten Dank, aber ich komme sehr gut allein zurecht», sagte Rosemary sehr laut, um den Tumult zu übertönen, der in diesem Moment jäh verstummte. Versöhnlicher fügte sie hinzu: «Mir war nur ein bißchen schwindlig.»

«Ich setze mich gern zu Ihnen, bis sie zurückkommt.» Mrs. Hargreaves nahm Dorothys Platz ein.

«Nicht nötig, Mrs. Hargreaves, besten Dank. Es ist schon wieder vorbei.»

«Sagen Sie doch Mavis zu mir.»

Rosemary, die diesen Namen gräßlich fand und nicht die Absicht hatte, ihn je in den Mund zu nehmen, wenn es sich vermeiden ließ, lächelte ziemlich zurückhaltend.

«Sehr nett von Ihnen, aber –»

«Zwei Hände sind besser als eine, sage ich immer.»

Rosemarys Lächeln wurde noch einen Hauch zurückhaltender.

«Sie und Mrs. D. stehen sich... sehr nah, nicht?» sagte Mrs. Hargreaves vorsichtig.

Sie saß mit dem Rücken zum Fenster, und in der zunehmenden Dunkelheit war ihr Gesichtsausdruck nicht zu erkennen.

«Wir sind befreundet», sagte Rosemary.

«Ich wollte damit auch nicht sagen, daß Sie irgendwie... na, Sie wissen schon...»

Rosemary schwieg verbissen.

«Es würde mich nicht stören», fuhr Mrs. Hargreaves munter fort. «Ich hab selber mal ein bißchen in diese Richtung tendiert.»

Rosemary stürzte sich entschlossen auf ein anderes Thema.

«Ich schwöre, daß Mr. Anderson sich um Ihr Vermögen bemüht, Mrs. Hargreaves.»

«Mavis.»

Schweigen.

«Mavis», sagte Rosemary widerstrebend.

«Was sagten Sie eben über Mr. A.?»

«Daß er Ihnen offenbar ans Geld will.»

Mrs. Hargreaves kicherte. «Gott, Sie wissen doch, wie die Männer sind...»

«Ob ich das weiß, ist hier wohl weniger von Belang...»

«Gewiß, nicht jeder hat da einschlägige Erfahrungen, aber ich will nichts gesagt haben, meine Liebe...»

«Wichtig ist, daß Sie Mr. Anderson richtig beurteilen – das habe ich damit gemeint», erläuterte Rosemary frostig.

«Keine Angst, dem trau ich nicht von hier bis zur nächsten Ecke.»

«Hilary Bryant hat ihm kurz vor ihrem Tod ihr Vermögen überschrieben, aber uns hat das nichts genutzt.»

Mavis Hargreaves nickte.

«Die Männer brauchen einen Köder, sag ich immer, sonst bewegen sie sich keinen Schritt vorwärts.»

Sie legte einen dicken weißen Finger auf Rosemarys Knie, die rasch wegrückte.

«Ich hab eher den Eindruck, daß Sie sich Gedanken wegen der letztwilligen Verfügungen Ihrer Freundin machen müssen.»

Rosemary biß sich auf die Lippen.

«Die Geschichte kommt mir ziemlich unwahrscheinlich vor», sagte sie.

«Mr. A. scheint da anderer Ansicht zu sein.»

«Wen interessiert das schon», erwiderte Rosemary ziemlich scharf.

Man hörte eine Tür knarren, dann Dorothys Stimme.

«Rose?»

Sie sprang auf. «Ich komme, Dot.»

Inzwischen war es fast völlig dunkel. Rosemary tastete

sich langsam zur Tür. Jetzt ging es ihr nur noch darum, der Freundin zu helfen. Wie hatte sie die schlimme Nachricht aufgenommen, die man ihr sicher sehr brutal beigebracht hatte? Sie würde versuchen, Dorothy auf ihr Zimmer zu bringen, wo sie sich, ungestört von der neugierigen Mrs. Hargreaves und den anderen, ihrem Kummer hingeben konnte...

«Ich finde den Schalter nicht», rief Dorothy aus nächster Nähe.

«Laß nur, ich bin schon da.»

Gleich darauf lagen sie sich in den Armen, und Rosemary führte die Freundin zu dem Sofa an der Tür. Eine Weile saßen sie schweigend nebeneinander und hielten sich bei der Hand.

«Ich weiß Bescheid, Dot», sagte Rosemary schließlich.

«Über das, was sie mir gesagt haben?»

Dorothys Gesicht war nur ein verschwimmender heller Fleck, aber ihre Stimme klang seltsam ruhig. Rosemary nickte, dann fiel ihr ein, daß die Freundin das ja nicht sehen konnte. «Ja», bestätigte sie. «Oben habe ich sie miteinander reden hören, Dr. Morel und... und den anderen.»

Sie konnte nicht weitersprechen und schämte sich, daß sie gerade jetzt, da Dorothy ihre Kraft so bitter nötig hatte, selbst schwach geworden war. «Ich weiß nicht, was ich sagen soll, Dot», stieß sie hervor, als sie ihre Stimme wieder einigermaßen in der Gewalt hatte.

«Das kann ich dir nachfühlen», sagte Dot fast fröhlich. «Es ist wie ein Wunder.»

Die kleine Rosemary hatte einen Onkel gehabt, den ihre Mutter als «gewöhnlich» zu bezeichnen pflegte – für sie das vernichtendste Urteil, das man sich nur denken konnte. Wer einen Mord begangen hatte, war für Rosemarys Mutter gesellschaftlich noch nicht unbedingt unten durch, aber die

Neigung jenes Onkels, «Eh?» zu blaffen, wenn er etwas nicht gehört, verstanden oder gebilligt hatte, fand sie unverzeihlich. Jedweder Versuch von Klein-Rosemary, sich diese ordinäre Gewohnheit ebenfalls anzueignen, war rigoros verhindert worden. Jetzt aber war sie so verblüfft, daß sie wie weiland der Onkel nur ein «Eh?» herausbrachte.

«Ja, wirklich, ein richtiges Wunder», fuhr Dorothy unbekümmert fort. «Eben noch haben wir darüber gesprochen, daß ich von hier weg müßte, um nicht das nächste Opfer des Killers zu werden, da löst sich das Problem wie von selbst. Miss Davis brachte mich in Mr. Andersons Büro, wo Dr. Morel schon wartete. Er sagte mir, daß ich aufgrund der Untersuchungsergebnisse sofort ins Krankenhaus müsse...»

Ihre Stimme erstarb. Rosemary drückte ihr die Hand. Dorothy lachte ein wenig.

«Und damit haben wir ja erreicht, was wir wollten. Ist das nicht großartig?»

Jetzt begriff Rosemary, warum Dorothy vorgegeben hatte, den Lichtschalter nicht zu finden. Auch sie war froh, daß sie in der schützenden Dunkelheit so tun konnte, als sei dies alles nur eine Fortsetzung ihres gewohnten Spiels. Sie selbst hatte sich ja diese Wendung ausgedacht, um die Einweisung ins Krankenhaus für Dorothy erträglicher zu machen. Den angeblichen ABC-Mörder hatte sie, wie Dorothy sehr richtig bemerkt hatte, aus irgendeinem undeutlich in Erinnerung gebliebenen Krimi geklaut, aber in der kurzen Zeit, die ihr nach dem belauschten Gespräch zwischen Morel und Anderson blieb, war ihr nichts Besseres eingefallen.

Dorothy hatte offenbar die gute Absicht der Freundin durchschaut. Natürlich glaubte sie nicht ernsthaft, daß im Heim ‹Abendsonne› ihr Leben in Gefahr war, aber sie machte das Spiel mit, um den Trennungsschmerz nicht übermächtig werden zu lassen. Es war eine sehr honorige Haltung. Beide ließen sich nicht täuschen, waren aber entschlossen, ihre Rolle bis zum bitteren Ende zu spielen.

«Großartig», bestätigte Rosemary.

Doch schon wieder erwartete sie eine Überraschung.

«Für mich jedenfalls», sagte Dorothy. «Aber was wird aus dir, Rose?»

«Aus mir?»

Dorothy entzog der Freundin sanft ihre Hand.

«Ich weiß genau, was du jetzt denkst», sagte sie liebevoll. «Für Dot ist das eine schöne Lösung, aber für uns alle hier? Und das stimmt ja auch, Rose. Ich bin in Sicherheit, aber du bleibst hier, in seiner Gewalt.»

Ihr heiter-unbekümmerter Ton verunsicherte Rosemary. Ein leises Frösteln überlief sie. Es war, als käme etwas Dunkel-Bedrohliches auf sie zu, etwas, was sie nicht geplant hatte und nicht begriff. Daß Dorothy sich um Ruhe und Fassung bemühte, war natürlich völlig in Ordnung. Nur hatte Rosemary für Momente das sonderbare Gefühl, daß die Freundin tatsächlich ruhig und gefaßt war. Bisher war Dorothy, sobald die Rede auf einen möglichen Krankenhausaufenthalt kam, prompt in Tränen ausgebrochen. Jetzt, da ihre schlimmsten Befürchtungen Gewißheit geworden waren, schien sie von allem unberührt.

«In wessen Gewalt?» fragte Rosemary etwas ratlos.

Dorothy schnaubte ungeduldig.

«In der des Mörders natürlich.»

Die Tür flog auf, und das Licht ging an.

«Des Mörders?» wiederholte Mr. Anderson. «Ich höre immer Mörder, meine Damen...»

Drohend baute er sich, das Whiskyglas in der Faust, vor den beiden Frauen auf. Als Rosemarys Augen sich an die plötzliche Helligkeit gewöhnt hatten, sah sie, daß von der anderen Seite Miss Davis auf sie zukam. Sie hatte ein hohes Glas in der Hand, in dem eine braun-, grün-, rot-, blau- und gelbstreifige Flüssigkeit schillerte. Ein buntes Papierschirmchen vervollständigte das Bild.

«Wenn ihr so weitermacht, schick ich euch wirklich mal einen Mörder auf den Hals», sagte sie.

Rosemary sah Anderson an. «Wir sprachen über einen Roman.»

«Einen Roman?»

Anderson zog die Brauen hoch und nahm einen Schluck.

«Ich erinnere mich dunkel, daß unter der früheren Leitung auch ein paar minderwertige Krimis und rührselige Schnulzen hier herumstanden, im Niveau wahrscheinlich gerade das Richtige für verkalkte Gruftis, aber diese Schwarten sind inzwischen längst verschwunden – wie alles, was nicht niet- und nagelfest war. Darf ich fragen, von welchem Roman Sie sprechen, Miss Travis?»

Rosemary machte eine unbestimmte Handbewegung. «Dorothy hat ihn vor Jahren mal gelesen, an einem verregneten Wochenende in Wales, und hat mir gerade die Handlung erzählt.»

Miss Davis nahm das Papierschirmchen aus dem Glas und schnappte nach der an dem Stiel aufgespießten Maraschinokirsche.

«Lügenmaul», sagte sie.

«Sachte, Letty, sachte», sagte Anderson besänftigend. «Bloß keinen Aufruhr.»

Er nahm wieder einen Schluck Whisky.

«Wenn man bedenkt, daß Mrs. Davenport abends manchmal nicht mal mehr weiß, was sie morgens zum Frühstück hatte, fällt es mir einigermaßen schwer, Ihnen abzunehmen, daß sie in der Lage sein soll, einen in grauer Vorzeit in Rhyl gelesenen Groschenroman heute noch einigermaßen logisch, um nicht zu sagen lyrisch, nachzuerzählen.»

«Es war nicht Rhyl, sondern Pwllheli», warf Dorothy ein.

«Eben», sagte Rosemary.

Miss Davis schlürfte die oberste Schicht ihres Cocktails.

«Schwindelmarie», sagte sie.

Anderson sah Rosemary und Dorothy scharf an. «Ich behaupte, meine Damen, daß Sie keineswegs über einen Kriminalroman sprachen, sondern damit beschäftigt waren, sich einen solchen auszudenken.»

«Und wenn es so wäre?» fragte Rosemary.

Anderson runzelte die Stirn. «Hast du das gehört, Letty?»

«Allerdings, William.»

«Und wenn es so wäre, hat Miss Travis gefragt...»

«Unverfrorene Fotze. Soll ich was unternehmen?»

«Im Augenblick noch nicht. Wir wollen fair sein und die derzeitige Situation der beiden Damen berücksichtigen. Abschiedsschmerz und so weiter, nicht wahr... *Partir, c'est mourir un peu* – Und das mit dem *mourir* trifft ja auf Mrs. Davenport voll zu. Wir sollten deshalb von kleinlichen Vergeltungsaktionen absehen und Miss Travis ihre Frage beantworten.»

Er wandte sich wieder Rosemary und Dorothy zu.

«Es ist mir durchaus klar, daß den Bewohnern dieses Hauses die Zeit hin und wieder ein wenig lang werden kann, zumal es sich – so paradox das klingen mag – um Menschen handelt, denen eigentlich nicht mehr viel Zeit verbleibt. Auch ist es meiner Aufmerksamkeit nicht entgangen, daß Sie sich mit Vorliebe damit beschäftigen, Horrorgeschichten zu erfinden, in denen diejenigen, die uns bedauerlicherweise in eine schönere Welt vorangegangen sind, als Mordopfer, die schrumpfende Zahl der Überlebenden als Verdächtige und Sie selbst als unerschrockene Detektivinnen figurieren. Bisher hatte ich keinen Anlaß, gegen diese Freizeitbeschäftigung vorzugehen. Jetzt aber sieht die Sache anders aus. Käme ein Gespräch, wie Letty und ich es gerade mit angehört haben, Außenstehenden zu Ohren, könnte das zu bedenklichen Verwerfungen in unserer kleinen Gemeinschaft führen. Ich muß Sie deshalb ersuchen, Mrs. Davenport, sich diese unglaublichen Geschichten von finsteren Machenschaften im Heim ‹Abendsonne› ein für allemal aus dem Kopf zu schlagen.»

Er sah die übrigen Heimbewohner an.

«Bei dieser Gelegenheit möchte ich Ihnen mitteilen, daß die liebe Dorothy uns verlassen wird. Ungeachtet meiner Einwände und ihres Sträubens hat die hohe Obrigkeit verfügt, daß sie sich ins Krankenhaus zu begeben hat, wo sie sich einer Behandlung unterziehen muß, die laut Dr. Morel nicht nur äußerst schmerzhaft und entwürdigend, sondern auch völlig sinnlos ist, da bei ihr, wie er so treffend formulierte, der ‹Krebs bereits wuchert wie Pilzbefall auf einem abgestorbenen Baum›.»

«Seien Sie still!» Rosemary war aufgesprungen. «Ich verbiete Ihnen, so zu reden.»

Mit einem Wutschrei warf Miss Davis ihr Glas nach Rosemary. Es zerschellte wenige Zentimeter neben ihr an der Wand. Obszön fluchend kam sie näher, ihr Speichel flog Rosemary ins Gesicht.

«Aber Letty!» Anderson packte sie am Arm. «Mrs. Davenport soll doch nur angenehme Erinnerungen von hier mitnehmen, nicht wahr?»

Seine Schwester gab nach und holte ein paarmal tief Luft. «Natürlich, William. Ganz wie du meinst...»

Ohne einen weiteren Blick auf Rosemary und Dorothy

stampfte sie aus dem Zimmer. *«So ging ich denn in heit'rer Kadenz: Scheiß auf die Blumen, die blühen im Lenz, tralali, tralala …»*, hörte man sie draußen grölen.

Anderson besah sich den regenbogenfarbigen Fleck an der Wand.

«Drambuie, Grüner Chartreuse, Cherry Brandy, Curaçao, Eierlikör …» Bekümmert schüttelte er den Kopf. «Die arme Letitia! Wie sie leidet.»

Er sah Rosemary an.

«Wenn Sie sich noch einmal so etwas leisten, Miss Travis, verbringen Sie den Rest der Woche im Bett. Denken Sie an Mr. Channing.»

Er leerte sein Glas. «Ernst ist das Leben, wie der große Dichter sagt, und heiter ist die Kunst, meine Damen. Wir haben es, so bedauerlich Ihnen das erscheinen mag, hier mit dem Leben zu tun, und das ist kein Roman, sondern eher so was wie ein endloser, wirrer Computerausdruck. Oder, um ein anderes Bild zu wählen, eine graphische Darstellung in Form einer in zahlreiche Stücke geteilten Torte, von der Sie bedauerlicherweise nur ein sehr kleines Stück abbekommen haben. Aber denken Sie bitte immer daran, daß Sie unter Umständen sogar das noch loswerden könnten …»

Hämisch lächelnd ging er hinaus.

5

Draußen war es inzwischen ganz dunkel geworden. Trotzdem herrschte keine völlige Finsternis, als die Neonleuchte an der Decke unvermittelt ausging. Noch stand ein sanfter Nachglanz im Zimmer, der Rosemary und Dorothy, sobald sich ihre Augen daran gewöhnt hatten, zur Orientierung vollauf genügte.

«So ist's besser», sagte Dorothy leise.

Die Sprungfedern knarrten, als sie sich im Bett zurechtrückte.

«Viel besser», bestätigte Rosemary, die in dem Sessel am Fenster saß.

Schon das Wissen, daß die andere da war, empfanden beide als tröstlich. In den Zimmern ging abends, sofern Anderson und seine Schwester nicht zu betrunken waren, um daran zu denken, pünktlich um halb zehn das Licht aus, und noch nie war ihnen diese Zwangsverdunkelung willkommener gewesen.

Das Zimmer mit seinen verschandelten Proportionen und seiner zweckmäßigen, aber häßlichen Einrichtung war schon so reizlos genug; das unausgesprochene Gefühl, daß Dorothy Davenport nie mehr hierher zurückkommen würde, ließ die beiden Frauen in der Dunkelheit ihre Umgebung als noch bedrückender empfinden. Zum letztenmal saßen sie hier zusammen, um an der gemeinsam ersonnenen Geschichte um Mord und Intrigen zu arbeiten. Schon morgen würden die Andersons das Zimmer abschließen – wie die Räume der Heimbewohner, die hier im Haus gestorben waren.

Unter dem erbarmungslos grellen Licht der Neonbeleuchtung hatte es vor diesen Fakten kein Entkommen gegeben, und deshalb war es eine Erleichterung für die beiden, daß jetzt die Dunkelheit die Zwänge von Raum und Zeit aufhob, ihnen nur das Hier und Jetzt ließ, eine Gegenwart, die keine Grenzen kannte.

«Willst du nicht deinen Kakao trinken?» fragte Rosemary sanft.

«Noch nicht.»

«Er wird ja ganz kalt.»

«Das ist er schon. Diese vielen Leute... Aber es war nett, nicht?»

Rosemary schwieg. Der Ausdruck war so fehl am Platz, der Situation so wenig angemessen, daß sie bei jedem anderen Menschen Ironie dahinter vermutet hätte. Doch Dorothy nahm, wie sie sehr wohl wußte, alles nur allzu wörtlich. *Nett* war die Szene vorhin beileibe nicht gewesen. Bizarr – ja, das traf es schon eher. Peinlich, unerfreulich, traurig und zum Schluß ein bißchen rührend. Und das Erstaunlichste daran war, fand Rosemary, daß sie überhaupt stattgefunden hatte.

Was für einen ungeheuerlichen Verstoß gegen die Hausordnung sie begangen hatten, war ihnen so recht erst klar geworden, als plötzlich – alarmiert von Belinda Scott – Miss Davis in Dorothys Zimmer stand. Inzwischen waren sie alle vollzählig versammelt. Mavis Hargreaves war die erste gewesen. «Ich war mal für kleine Mädchen und wollte nur schnell vorbeischauen», hatte sie verkündet und dann ziemlich verlegen herumgestanden und nicht gewußt, wie sie sich mit Anstand wieder verabschieden sollte. Doch da klopfte es leise, und Weatherby erkundigte sich höflich, ob Dorothy «auf Besuch eingestellt» sei. Wenig später kamen Grace Lebon und Charles Symes zusammen mit Alfred Purvey. Auch Belinda Scott sah kurz herein, machte große Augen und verschwand wieder. Rossitter, der die Runde komplett machte, hatte sie auf dem Gang getroffen. Sie habe laut nach Miss Davis gerufen, berichtete er.

Normalerweise hätte diese Schreckensmeldung die seltsame Versammlung sofort auseinanderstieben lassen, aber zu ihrer aller Verwunderung rührte sich keiner vom Fleck, ja, es schien fast, als mache ihnen der Abschied von Dorothy mehr zu schaffen als die gefährliche Lage, in der sie sich befanden. Es war fast eine Erlösung gewesen, als die Tür aufgerissen wurde und Miss Davis hereinstürmte. Belinda Scott wieselte beflissen hinter ihr her.

«Schert euch raus hier», blaffte Letty. «Keine gegenseitigen Besuche auf den Zimmern. Das ist gegen die Feuerschutzbestimmungen. Los, zieht Leine.»

Und dann geschah etwas ganz Erstaunliches: Statt dem barschen Befehl zu folgen, rückten sie womöglich alle noch näher zusammen. Vielleicht war es die schiere Angst, die ihnen den Rücken stärkte, der Gedanke, daß ihr Quälgeist gegen die ganze Gruppe weniger würde ausrichten können als gegen einen einzelnen. Ebenso erstaunlich war das Ergebnis. Miss Davis, mit dieser bisher einmaligen Situation konfrontiert, wußte nicht, was sie machen sollte.

Als sie merkte, daß sie mit Kasernenhofkommandos und Drohungen nicht weiterkam, versuchte sie es mit Tätlichkeiten, aber auch hier stieß sie auf unerwarteten Widerstand. Ohne Absprache taten die gebrechlichen Alten alles, um die kräftige, wutschnaubende Frau zu behindern, ihr den Weg zu verstellen, sie aus dem Gleichgewicht zu bringen, bis sie schließlich nicht mehr vor und nicht zurück konnte. Mit einem halb wütenden, halb angstvollen Aufschrei machte sie sich los.

«Also meinetwegen, tut, was ihr nicht lassen könnt, verabschiedet euch von der klapprigen Alten da, die ja doch bald abkratzt, aber eins kann ich euch flüstern: Ehe sie von hier weggekarrt wird, filze ich sie von oben bis unten, und wenn ich irgendwelche Bettel- oder Liebesbriefe oder sonst was Verdächtiges bei ihr finde, stopf ich es dem Absender in den Rachen, bis er dran erstickt.»

Belinda Scott wollte etwas sagen, aber Miss Davis gab ihr wortlos eine schallende Ohrfeige und stürmte hinaus, während die so schnöde Abgewiesene in Tränen ausbrach und sich ebenfalls verzog. Befangen blieben die anderen zurück. Rosemary fand die Szene zunehmend peinlich, zumal sich in ihr all das bündelte, was sie an dem Leben hier im Heim besonders verabscheute: Erbarmungslos grelles Licht, ein freudloses Zimmer, von geistigem und körperlichem Verfall gezeichnete alte Menschen, die einander im Grunde nichts zu sagen hatten und deren gute Wünsche und Abschiedsworte deshalb leer und nichtssagend klangen.

Und dann schlug plötzlich die Stimmung um. Wie und wann es gewesen war, hätte Rosemary nicht sagen können. Vielleicht, als Purvey gegen den Nachttisch stieß, so daß Kakao über den Becherrand schwappte, und die anderen ihm beim Aufputzen zur Hand gingen. Oder vielleicht, als Dorothy ihnen mit gerötetem Gesicht und Tränen in den Augen für ihr Kommen dankte und sie bat, ihre Freundin in den nächsten Tagen und Wochen nach Kräften zu unterstützen.

Rosemary hatte nur mit Mühe ein verächtliches Lächeln

unterdrücken können. In einer solchen Situation konnte Dorothy natürlich sagen, was sie wollte, ohne daß sich Widerspruch regte, aber anzudeuten, daß dieses elende Häuflein von Tattergreisen und verwirrten alten Weiblein ihr, Rosemary Travis, auch nur die geringste Stütze sein könnte, grenzte schon fast an Unverschämtheit. Sie würde Dorothys Abwesenheit auch allein verkraften, vorausgesetzt, die anderen ließen sie in Ruhe.

Zu ihrer Bestürzung aber hatten Dorothys Worte genau die entgegengesetzte Wirkung. Die Mitbewohner musterten sie, als sähen sie Rosemary in diesem Augenblick zum erstenmal, nickten und lächelten ihr zu und murmelten Unverständlich-Tröstliches. Und plötzlich waren da Wärme und Gefühl, war da ein Sog, der sie aufeinander zutrieb, der das Wir-Gefühl weckte.

Rosemary biß, fest entschlossen, sich nicht unterkriegen zu lassen, die Zähne zusammen, aber sie kam sich wie verraten und verkauft vor. Bisher hatten sie und Dorothy sich die größte Mühe gegeben, Distanz zu diesen Menschen zu halten, sie nur als erfundene Wesen zu sehen, die sie in ihrer Geschichte nach Lust und Laune manipulieren konnten. Durch Dorothys Worte waren sie wieder zu lebendigen Menschen mit Herz und Gefühl geworden, die sich in dem warmen Mief von Dorothys Zimmer zusammendrängten wie ein Wurf junger Tiere im Bau. Das ist unfair, dachte Rosemary, Dorothy hat gegen die ungeschriebenen Regeln unserer Freundschaft verstoßen.

Natürlich behielt sie diese Überlegungen auch dann für sich, als die Besucher längst wieder gegangen waren und sie mit Dorothy alleingelassen hatten. Dorothy hielt sich tapfer, aber Rosemary wußte natürlich um ihre Angst vor dem Krankenhaus mit all den Quälereien und Entwürdigungen, die dort auf sie warteten. Wenn ihr das Gefühl, mich beschützen zu können, ein bißchen darüber hinweghilft, dachte Rosemary, werde ich auch das ertragen müssen. Beide schwiegen, bis der Feueralarm kurz anschlug und gleich darauf das Licht erlosch. Es war dieser frühe Zapfenstreich gewesen, der sie zu ihrer Endlosgeschichte angeregt hatte, einer Geschichte, die so recht geeignet war für die Dunkelheit, in der sie wucherte und immer phantastischere Formen annahm, in Zaum gehalten nur durch die unveränderlichen Regeln des Genres.

«Weißt du schon, wann du wegmußt?» fragte Rosemary.

«Ich glaube, das wissen sie selber noch nicht.»

Rosemary überlegte. «Sie müssen doch einen Krankenwagen bestellt haben.»

«Ja, gewiß, das ist alles geregelt.»

Dorothys unbeteiligter Tonfall irritierte Rosemary. Sie hatte das Gefühl, als redeten sie aneinander vorbei.

«Vielleicht bist du so freundlich, mir Bescheid zu sagen, wenn du Näheres erfährst», sagte sie etwas scharf. «Ich muß mich schließlich entsprechend einrichten.»

In der Dunkelheit erklang etwas, was verdächtig nach einem Lachen klang.

«Ja, natürlich, Rose, ich weiß doch, wieviel du immer um die Ohren hast.»

Rosemary verzichtete wohlweislich auf jeden Kommentar.

«Und jetzt brauchst du sicher deine Ruhe», fügte Dorothy sanft hinzu.

Schlagartig wurde Rosemary bewußt, wie wenig gemeinsame Zeit ihnen noch blieb, und sie schämte sich ihrer Reizbarkeit.

«Ich soll dich verlassen?» fragte sie mit leicht zitternder Stimme.

Wieder ein leises Lachen.

«Ach, Rose... Du weißt doch genau, wer hier wen verlassen muß.»

Schon wieder stieg Ärger in Rosemary auf, aber diesmal konnte sie ihn unterdrücken.

«Schon gut, Dot. Da ich nun einmal hierbleiben muß, werde ich mich nach Kräften bemühen, die Morde im Heim ‹Abendsonne› aufzuklären.»

«Ach Rose...» wiederholte Dorothy bedrückt.

«Dein Mitleid brauche ich nicht», fuhr Rosemary fort, «aber deine Hilfe nehme ich gern an.»

Die Sprungfedern stöhnten.

«Soll ich die Polizei verständigen?» fragte Dorothy leise.

Die Frage entlockte Rosemary ein Lachen.

«Um Himmels willen, nein! Was sollten wir wohl mit der Polizei anfangen? Die pfuscht nur überall herum, zerstört sämtliche Spuren und stürzt sich auf jede falsche Fährte. Du selbst sollst mir helfen, Dot. Wie bisher.»

Ein langes Schweigen.

«Wie... wie meinst du das?» fragte Dorothy vorsichtig.

«Wir könnten uns schreiben.»

Jetzt lachte Dorothy hell auf. «Wie stellst du dir denn das vor?»

«Es würde mir sehr viel bedeuten, wenn du mir hin und wieder ein paar Zeilen mit deinen Vorschlägen schicken könntest», fuhr Rosemary fort. «Hier habe ich doch niemanden, dem ich vertrauen kann.»

Rosemary fand, daß sie den Ton sehr gut getroffen hatte. In ihrer Stimme lag gerade so viel Selbstmitleid, daß Dorothy das Gefühl haben konnte, ihr damit einen Gefallen zu tun. Sie wunderte sich deshalb, daß die Freundin nur zögernd auf den Vorschlag einging.

«Ich weiß nicht recht», sagte Dorothy. «Ich will natürlich gern tun, was ich kann, aber ob wir regelmäßig in Verbindung bleiben können, erscheint mir sehr fraglich.»

Vor dem Fenster stand jetzt undurchdringliche Schwärze. Rosemary hatte das unheimliche Gefühl, als beginne die Dunkelheit sie einzukreisen. Wie schön, wie beruhigend wäre es gewesen, wenn man jetzt hätte Licht machen können...»

«Sei nicht albern, Dot», sagte sie gereizt. «Man wird dir doch nicht verbieten, Briefe abzuschicken oder entgegenzunehmen. Die Schwierigkeiten sehe ich eher an diesem Ende, aber ich habe mir da schon einiges ausgedacht... Morgen erzähle ich dir mehr davon.»

Sie stand auf.

«Und jetzt gehe ich wohl besser, mir ist ein bißchen...»

Sie unterbrach sich, weil sie sich schämte, in so einem Moment von ihren eigenen Empfindungen zu sprechen.

«Es tut mir so leid, Dot.»

«Es braucht dir nicht leid zu tun», sagte Dorothy fest und ruhig. Sie seufzte leise. «Wirklich nicht. Ich wünschte, ich könnte es dir sagen, Rose...»

«Sagen? Was?»

Die wirbelnde Dunkelheit zog Rosemary quer durchs Zimmer zu dem Bett, in dem die Freundin lag. Dorothy legte ihr die Arme um den Hals. Ihre Umarmung war länger und intensiver, als es Rosemary angenehm war, und sie hatte die größte Mühe, die Fassung zu bewahren, aber sie war fest entschlossen, nicht zu heulen.

Endlich gelang es ihr, sich aus Dorothys Umarmung zu lösen. Sie richtete sich auf.

«Also dann bis morgen früh», sagte sie sachlich und wandte sich zum Gehen. Doch da legten sich Dorothys magere Finger in einem schmerzhaft festen Griff um ihr Handgelenk.

«Die Mohnblumen», sagte Dorothy leise. «Wo kommen eigentlich die Mohnblumen her?»

«Mohnblumen?» wiederholte Rosemary ratlos.

Der Griff wurde noch ein bißchen fester.

«Im Frühjahr waren die Felder voll davon. So schöne weiche Farben, rot und blau und violett. Heutzutage sieht man nie mehr welche. Die Unkrautvernichtungsmittel haben ihnen wohl den Garaus gemacht.»

«Du tust mir weh», beschwerte sich Rosemary.

Was sie an dem Gefasel der Freundin besonders beunruhigte, war die Tatsache, daß Dorothy offenbar der Meinung war, sie führe ein völlig vernünftiges Gespräch mit ihr. Zum Glück lockerte sich jetzt der klammergleiche Griff um ihr Handgelenk.

«Schlaf schön, Dot», sagte sie beschwichtigend. «Morgen früh wecke ich dich, so wie immer.»

Doch noch war sie nicht entlassen.

«Aber wenn sie die Erde aufwühlen, um eine Straße zu bauen oder eine Siedlung, sind sie plötzlich wieder da, zu Hunderten, als seien sie nie weggewesen. Woher kommen sie, Rose?»

In Dorothys Stimme schwang etwas Undefinierbares. War es Angst? Leiser Triumph? Was es auch sei, entschied Rosemary, es ist bestimmt nicht gut für Dorothy, wenn sie sich in irgendwelche sonderbaren Stimmungen hineinsteigert.

«Ich weiß es nicht, Dorothy», erwiderte sie deshalb so nüchtern wie möglich. «Aber bestimmt gibt es irgendeine ganz logische Erklärung dafür. Ist das denn so wichtig?»

Dots Griff löste sich unvermittelt.

«Überhaupt nicht», sagte Dorothy stumpf. «Du hast schon recht, es ist ganz und gar unwichtig.»

Befangen blieb Rosemary noch einen Augenblick stehen.

Sie hatte das Gefühl, als habe Dorothy sie irgendwie ins Unrecht gesetzt.

«Ja, dann also gute Nacht», sagte sie nicht ganz so herzlich wie sonst.

«Leb wohl, Rose.»

Rosemary tastete sich zur Tür. Vom Bett her kamen ein paar Worte, die fast so klangen wie: «Ich liebe dich.» Doch der Satz war so leise gesagt worden, daß Rosemary ihnen beiden guten Gewissens weitere Peinlichkeiten ersparen konnte, indem sie tat, als habe sie ihn nicht gehört.

6

Als sie aufwachte, hatte sie das eigenartige Gefühl, als sei sie gerade aus einem Zimmer gekommen, in dem sich etwas Grauenvolles ereignet hatte. Die Tür war hinter ihr zugeschlagen, und die in Angst oder Zorn erhobenen Stimmen waren nur noch eine schnell verblassende Erinnerung. Sekundenlang sah sie alles glasklar vor sich: Wer was wem und warum angetan hatte. Doch bei näherer Betrachtung war die scheinbar unerbittliche Logik der Szene voller Löcher und Widersprüche – ganz so wie die Handlung der Krimis, mit denen sie sich früher in den Schlaf gelesen hatte. Während aber die Giftmischer, Messerstecher und Revolverhelden jener Romane sie in einen eher angenehmen Dämmerzustand zu versetzen pflegten, hatten die wesenlosen Stimmen ihres Traums eine quälende Unruhe in ihr geweckt, die sie nicht loslassen wollte.

Der Sonnenschein, von dem sie aufgewacht war, fiel in einer breiten Bahn ins Zimmer. Sogar der abgetretene Läufer und die stockfleckige Tapete wirkten in diesem Licht bunt und heiter. Rosemary, die nach einer unruhigen Nacht noch ein wenig benommen war, schüttelte sich energisch und ging zum Waschbecken. Kaltes Wasser würde sie schnell wieder zur Besinnung bringen. Ihre Lage war schon schwierig genug, da durfte sie sich nicht auch noch von nächtlichen Schimären verunsichern lassen.

Im Zimmer war es kühl, und während sie sich wusch, stand ihr Atem als kleine weiße Wolke in dem goldenen Sonnenschein. Sie hatte vor dem Zubettgehen absichtlich die Vorhänge nicht vorgezogen. Dorothy war keine Frühaufsteherin, und deshalb hatte es sich eingebürgert, daß Rosemary morgens zum Wecken zu ihr ging. Nie war es für Rosemary wichtiger gewesen als heute, da der Freundin eine so wichtige Veränderung bevorstand, an ihrer Seite zu sein, wenn sie aufwachte.

Zwar hatte sich Dorothy am Vorabend bewundernswert gehalten, aber ob sie heute, wenn der Augenblick der Wahrheit gekommen war, ebenso beherrscht sein würde, war mehr als zweifelhaft. Da mußte sie, Rosemary, ihr den Rükken stärken, so wie sie es immer getan hatte. Solange Dorothy noch im Heim war, würde Rosemary sich nicht mehr von der Freundin trennen. Und auch nach der unvermeidlichen Trennung würde sie im Geiste bei ihr sein.

Der Gedanke, den sie am Vorabend eher beiläufig, wie einen spontanen Einfall, erwähnt hatte, war in Wirklichkeit etwas, worüber sie lange nachgedacht hatte. Die Aufgabe, die sie sich gestellt hatte, war schwierig, aber auch besonders reizvoll, war eine Herausforderung, die ihr über die kommenden Wochen und Monate hinweghelfen würde. Das Projekt würde sie von Problemen ablenken, gegen die sie nichts tun konnte, und sie dafür mit Fragen beschäftigen, die sie selbst zu lösen imstande war.

Sie würde keine Zeit haben, düsteren Gedanken über ihre Einsamkeit oder Dorothys Schicksal nachzuhängen, weil sie ständig an der Geschichte über die verbrecherischen Machenschaften im Heim «Abendsonne» arbeiten, Szenen von so prickelnder, atemberaubender Spannung ersinnen mußte, daß die Realität dagegen verblaßte. Sie, Rosemary, war fest entschlossen, mit einer raffiniert geknüpften, nie ermüdenden, nie enttäuschenden Handlung die Tyrannei der Wirklichkeit zu besiegen.

Blieb noch das Problem, in brieflichen Kontakt mit Dorothy zu treten. Im Krankenhaus sah Rosemary da – im Gegensatz zu Dot – keine Schwierigkeiten. Dot würde jederzeit Briefe schreiben und entgegennehmen können, solange es ihr Zustand erlaubte. Und wenn das nicht mehr der Fall war... Aber nein, daran wollte Rosemary zunächst gar nicht denken.

Sie selbst würde es schwerer haben. Theoretisch stand es zwar den Bewohnern des Heims «Abendsonne» frei, an Freunde und Verwandte zu schreiben, doch ging es mit den Briefen, die zum Versand Mr. Anderson übergeben werden mußten, oft recht sonderbar zu. Entweder wurden sie überhaupt nicht beantwortet, oder die Antworten gingen auf die von den Heimbewohnern geäußerten Fragen und Sorgen mit keinem Wort ein.

«Was habt ihr schon davon, wenn euch jemand auf einer Ansichtskarte schreibt: Schade, daß Du nicht dabei bist...?» fragte Letty Davis eher rhetorisch. «Papier ist geduldig. Schließlich hat eure bucklige Verwandtschaft William und mir gutes Geld gezahlt, um euch loszuwerden!» Zwar hatten Rosemary und einige ihrer Mitbewohner den Verdacht, daß die Andersons Post unterschlugen, doch beweisen ließ sich das nicht. Telefongespräche waren untersagt, seit Mr. Purvey einen Nervenzusammenbruch erlitten hatte, als einer seiner Verwandten mitten im Gespräch einfach aufgelegt hatte. «Aus den Augen, aus dem Sinn», hatte Mrs. Hargreaves bekümmert festgestellt, und dem konnte man, so platt es auch klang, leider nicht widersprechen.

Dies war aber nun eine ganz besondere Situation. In den

langen, schlaflosen Nachtstunden hatte sich Rosemary etwas einfallen lassen, um festzustellen, ob man ihre Briefe abfing. Sie brauchte die Einzelheiten nur noch mit Dorothy abzusprechen. Ihr Plan war – wie alle wirklich guten Pläne – im Grunde sehr einfach. Jeden zweiten Tag würde sie einen Brief an Dorothy mit der neuesten Fortsetzung ihres Gemeinschaftskrimis auf den Weg bringen. Der Schluß der jeweiligen Epistel würde immer eine Frage sein, wie sie in älteren Romanen dieses Genres ein Kapitel abzuschließen pflegte. «Wer war die geheimnisvolle Gestalt, die man kurz vor Entdeckung der Leiche Mr. Purveys Zimmer hatte betreten sehen?» Oder: «Warum griff Mrs. Hargreaves nach dem falschen Kakaobecher, und welche Verbindung besteht zwischen dieser Tat und der angeblich von George Channing belauschten Unterhaltung?»

Der springende Punkt bei einem Krimi war natürlich, daß es diese Verbindung unweigerlich gab – oder aber die Verbindung nicht festzustellen war, was dann ebenso aufschlußreich sein konnte. Und deshalb waren solche Fragen in dieser Situation ein ideales Kommunikationsmittel. Es genügte, wenn Dorothy ganz kurz, mit wenigen Worten auf einer Postkarte, auf die noch offenen Probleme einging und – wenn sie sich wohl genug fühlte – vielleicht sogar eine Lösung vorschlug, die Rosemary dann in ihrem nächsten Brief zerpflücken konnte. Auch was sie unternehmen sollte, wenn sich herausstellte, daß ihre Briefe tatsächlich nicht weiterbefördert wurden, hatte sie sich schon überlegt. Offenbar schwebte Anderson in tausend Ängsten, Dorothy könne dem Krankenhauspersonal etwas von dem Zwischenfall mit dem armen Channing erzählen, was für ihn sehr peinlich werden konnte. Mrs. Anderson, die Begründerin des Heims «Abendsonne», hatte ihre Schützlinge, für die sie im Lauf der Jahre zur Freundin und Vertrauten geworden war, immer beruhigt, wenn sie sich Sorgen um das Fortbestehen des Heims gemacht hatten. «Ich hinterlasse meinen ganzen Besitz meinem Sohn William», hatte sie gesagt, «aber nur unter der Bedingung, daß er euch weiterhin hier im Haus wohnen läßt und bis zu eurem Lebensende versorgt.» Diese gutgemeinte Bedingung war die Keimzelle für die in langen Mußestunden ersonnenen Geschichten um Mord und Totschlag gewesen. Mrs. Anderson hatte in bester Absicht ihrem Sohn ein ideales Motiv verschafft, sie alle umzubringen.

Und eben deshalb setzte Rosemary große Hoffnungen darauf, daß ihre Briefe ungehindert zu Dorothy durchkommen würden. Sie wollte Anderson ein für beide Seiten vorteilhaftes Geschäft vorschlagen. Solange Dorothy Rosemarys Briefe bekam, versehen mit ein, zwei vernichtenden Bemerkungen zu deren Vorschlägen (*Du hättest doch bestimmt gehört, wenn jemand in Purveys Zimmer gegangen wäre, Rose! Mrs. Hargreaves hat wahrscheinlich nicht gewußt, daß in dem Becher der vergiftete Kakao war. Und das, was Channing angeblich gehört hat, scheint mir eine falsche Fährte zu sein*), würde sie über die Zustände im Heim «Abendsonne» schweigen. Sollte aber in der Korrespondenz eine längere Pause eintreten oder gar in Rosemarys Briefen kein Hinweis auf Dots Vorschläge zu finden sein, würde diese sich an den Oberarzt wenden und Anderson die Polizei auf den Hals schicken.

Rosemary wußte wohl, daß sie mit so einer Abmachung um Dorothys Seelenfrieden willen die Interessen der anderen Heimbewohner – und natürlich nicht zuletzt ihre eigenen – aufs Spiel setzte, aber in diesem Moment fiel das für sie nicht ins Gewicht. Sie sah keine andere Möglichkeit. Medizinisch war Dorothy im Krankenhaus gut versorgt, aber nichts und niemand konnte ihr das komplexe Geflecht aus Fiktion und Wirklichkeit ersetzen, in das Rosemary die

Freundin fast unmerklich eingesponnen hatte. Wenn sie weiter die Fäden in der Hand behielt und liebevoll manipulierte, konnte sie selbst auf die Entfernung Einfluß nehmen, Dorothy in ihrer Einsamkeit und ihrem Schmerz beistehen, sie trösten und ein wenig ablenken. Niemand kennt Dorothy so gut wie ich, dachte sie mit verständlichem Stolz, als sie auf den Gang hinaustrat und die Tür hinter sich schloß. Jeden Schritt, den Dorothy tut, jeden Gedanken, der ihr durch den Kopf geht, kann ich voraussehen und meine Reaktionen darauf ausrichten.

So früh am Morgen wirkte das Haus still und verlassen. Vorbei an geschlossenen Türen, hinter denen die Heimbewohner noch schliefen oder im Staub die Spinnen hausten, ging Rosemary leise über den langen Gang mit dem roten Linoleumläufer. Durch ein hohes Fenster hatte man einen herrlichen Blick auf das Parkgelände vor dem Haus. Wie Schemen erhoben sich die alten Bäume, Mauern und Hekken aus einer dichten Schicht von Bodennebel, über dem die Sonne an einem blaßblauen Himmel aufging. Mit einem entschlossenen Ruck wandte Rosemary sich ab und betrat den kleinen Vorraum mit den Gipskartonwänden. Einen Augenblick blieb sie zaudernd vor George Channings Tür stehen, dann klopfte sie an die Tür gegenüber. Keine Antwort. Leise drehte sie den Türknauf und trat ein.

Hier auf der Nordseite herrschte noch trübes Dämmerlicht, es war, als habe jemand die Uhr um ein paar Stunden zurückgedreht. Die Gestalt auf dem Bett regte sich nicht. Rosemary atmete auf. Sie hatte schon gefürchtet, die Freundin hätte in dieser Nacht kein Auge zugetan, wäre vielleicht in ihrer Angst vor dem, was auf sie zukam, ruhelos im Zimmer herumgelaufen und hätte sich in einen Zustand hineingesteigert, in dem keine Hilfe mehr möglich war. Da Dorothy aber offenbar schlief, beschloß Rosemary zu warten, bis sie von selbst aufwachte; sie sollte den wohltuenden Schlummer so lange wie möglich genießen.

Ein stickiger, unreiner Geruch hing im Zimmer. Rosemary schob die untere Fensterhälfte hoch und ließ frische Luft herein. In diesem Moment hörte sie ein leises Knurren, bei dem sich ihr die Haare an den Armen und im Nacken sträubten. In dem verwilderten Kräutergarten hockte in angespannter Haltung der angeleinte Dobermann und sah mit dem Ausdruck purer Bösartigkeit zu ihr hoch.

Rasch trat sie zurück und wandte den Blick ab. Es kostete sie Überwindung, noch einmal aus dem Fenster zu sehen. Der Hund hatte ihr jetzt den Rücken gewandt und schnoberte auf der Erde herum. Sie hatte ihn offenbar bei seinem morgendlichen Geschäft gestört, und das hat kein Tier gern.

Kein Grund zur Aufregung also, sagte sich Rosemary streng und setzte sich, um auf Dorothys Erwachen zu warten. Und was den Ausdruck in seinen Augen anging, so wußte sie doch, daß Bösartigkeit wie auch ihr Gegenteil rein menschliche Eigenschaften waren.

Wenig später aber erwachte ihre Unruhe erneut, diesmal ausgelöst durch die Stille, die sich aufdringlich im Zimmer breitmachte. Sie konnte sich nun nicht mehr einreden, daß es nur nach Schlaf und Alter roch. In dem Geruch lag jenseits des gewohnten Müffelns von Verwahrlosung und Zerfall ein Hauch von Schärfe, intim, penetrant und leicht abstoßend.

Rosemary stand auf und sah sich besorgt um. Ihr Blick fiel auf ein Blatt Papier, das auf dem Boden vor dem Kopfende des Bettes lag. Es war ein Bogen gewöhnliches Briefpapier. Als sie sich bückte, um es aufzuheben, sah sie überrascht, daß auf der einen Seite in Druckbuchstaben ihr Name stand. Sie drehte das Blatt um und überflog die wenigen zittrig geschriebenen Zeilen.

Langsam richtete sie sich auf und sah wie gebannt auf die Tapete über dem Bett, auf die das zögernd einsetzende Tageslicht einen matten Glanz warf, während sich um sie her nach wie vor dunkle Schatten in ihr Blickfeld drängten. Erst nach geraumer Zeit konnte sie sich dazu aufraffen, den Blick dorthin zu richten. Doch dann wich die Dunkelheit, und sie sah mit erbarmungsloser Klarheit die reglose Gestalt in dem zerwühlten Bett, den schlaff zur Seite gefallenen Kopf, die blicklosen Augen, den weit geöffneten Mund, die Pfütze von Erbrochenem am Hals und auf der Bettdecke.

ZWEITER TEIL

7

Gar nicht übel, dachte Jarvis, als er die Tür des Fiesta zuschlug und über den knirschenden Kies zum Haus ging. Erst war er ziemlich sauer gewesen, als Tomkins wegen einer Lebensmittelvergiftung ausgefallen war, so daß er nun den Fall allein auf dem Hals hatte, aber nach der gemächlichen Fahrt über Land und einem guten Bier unterwegs sah die Welt schon wieder freundlicher aus. Und für Tomkins war es vielleicht eine ganz heilsame Lektion: Mit Durchmarsch steht sich's am Tresen etwas unbequem.

Er stieg die Stufen zur Haustür hinauf, betätigte den Klingelzug und besah sich den schweren Stiefelkratzer vor der Schwelle. Sehr praktisch, dachte er. Wenn die Herren Gutsbesitzer mit ihren Maßstiefeln mal wieder so richtig auf ihren Pächtern rumgetrampelt sind, können sie sich die feine Fußbekleidung vor der Tür wieder abputzen. Trotzdem muß es sogar für die Armen damals irgendwie tröstlich gewesen sein zu wissen, daß es feste Regeln gab, an die man sich zu halten hatte und die sich nicht ändern würden, solange sie lebten.

Haben wir es da eigentlich heute besser? Kommt darauf an, was man unter besser versteht. Was ist die Wahrheit? Worum dreht sich die Welt? Für dich doch eigentlich nur um das runde Leder, sagte sich Jarvis, der davon träumte, einmal in seinem Leben im Fernsehquiz *Mastermind* aufzutreten («Ihr Thema: Aufstellung, Spielergebnisse und wöchentlicher Tabellenstand des FC Accrington Stanley 1956–1962»).

Die Tür ging auf. Vor ihm stand ein hagerer Mittvierziger in blauem Blazer und weißen Flanellhosen mit rötlichem Gesicht und langem Schädel, über den das spärliche Haar sorgfältig verteilt war. In der linken Hand hielt er ein Glas mit einer bernsteinfarbenen Flüssigkeit. Er sah Jarvis aus zusammengekniffenen Augen an.

«Nein, danke, wir kaufen nichts», sagte er und wollte die Tür gleich wieder zumachen. «Weder heute noch überhaupt.»

Jarvis lächelte nach Dienstvorschrift.

«Mr. Anderson? Ich glaube, Sie erwarten mich.»

Sein Gegenüber maß ihn mit einem verschwiemelten Blick.

«Möglicherweise glauben Sie auch, die Erde sei eine Scheibe. Daraus folgt noch nicht, daß es sich so verhält.»

Jarvis verspürte einen leichten Magendruck. Dabei war es bis jetzt ein so schöner Tag gewesen… Er knöpfte den dunkelblauen Mantel auf, den er zum halben Preis im Ausverkauf erstanden hatte, und zog den Dienstausweis aus der Tasche des knitterfreien Kunststoffanzugs.

«Detective-Inspector Stanley Jarvis, Sir. Es geht um die verstorbene Mrs. Dorothy Hilde Davenport, geborene Cooke.»

Der Mann im blauen Blazer besah sich den Ausweis.

«Sie sehen aber ganz anders aus als der Mann auf dem Foto.»

«Mir wurde gesagt, man habe Sie über meinen Besuch informiert und Sie seien einverstanden, ein Gespräch mit mir zu führen», blaffte Jarvis, der sich nicht gern daran erinnern ließ, daß ihm die vergangenen Jahre ein Plus an Gewicht und ein unübersehbares Minus an Haarfülle gebracht hatten. «Einer meiner Kollegen hat mit einer gewissen...»

Er zückte sein Noitzbuch.

«...einer gewissen Miss Davis telefoniert.»

Anderson hob kapitulierend die Hände.

«Die holde Letitia! Alles klar, Inspector, ich leiste keine Gegenwehr! Sperren Sie mich getrost ein, es ist ja nur zu meinem eigenen Besten. Wenn es über mich kommt, bin ich nicht zu halten...»

Einladend öffnete er die Tür. Jarvis betrat eine große, kahle Halle. An einer Wand hing ein ausgestopfter Eberkopf, neben der Tür stand ein hohler Elefantenfuß, in dem diverse Stöcke und Schirme deponiert waren. Die Luft war feucht und frostig, die Beleuchtung trüb.

«Bitte folgen Sie mir, Inspector.»

Anderson ging quer durch die Halle zu einer Tür, aus der Licht fiel, und Jarvis tappte auf quietschenden Hush Puppies hinterdrein. Aus dem kleinen fensterlosen Zimmer drang Schimmelgeruch. Sämtliche Wände waren vollgestellt mit Regalen, aus denen Bücher in allen erdenklichen Größen, Formen und Farben quollen. Die Möblierung bestand aus einem Ledersessel, der einmal bessere Tage gesehen hatte, und einem alten Schreibtisch, auf dem eine imposante Kollektion von Flaschen mit geistigen Getränken stand.

Jarvis besah sich die Buchrücken und die meist unleserlichen oder unverständlichen, zum Teil auch fremdsprachlichen Buchtitel. Berichte über die Geschichte oder die Heldentaten des FC Accrington Stanley suchte man hier wahrscheinlich vergebens. «Sie lesen wohl gern, was?» scherzte er schwerfällig.

«Sehr scharfsinnig beobachtet, Inspector. Sie haben es verdientermaßen weit gebracht in Ihrem Beruf! Bücher sind für mich unabdingbare geistige Nahrung, wobei ich natürlich auch Geistiges in flüssiger Form nicht verschmähe.»

Er griff nach einer der Flaschen und schenkte sich einen großzügigen Schuß ein.

«Ich würde Ihnen ja gern etwas anbieten», sagte er leutselig, «aber nachdem Generationen von Kriminalpolizisten in Romanen dieses Angebot mit der klassischen Antwort: ‹Nein danke, ich bin im Dienst!› abgeschmettert haben, können Sie wahrscheinlich beim besten Willen nicht ja sagen. So legt uns die Literatur Fesseln an.»

Anderson stützte sich mit dem Ellbogen auf den Kaminsims und sah seinen Besucher höflich abwartend an. Jarvis begriff, daß es nun an ihm war, etwas zu sagen, aber in seinem Kopf fand sich nichts Zweckdienliches.

«Es handelt sich nur um einen Routinebesuch, Sir», brachte er schließlich heraus.

«Das sagen sie alle, Inspector.»

Jarvis räusperte sich.

«Alle? Wer denn?» fragte er und merkte selbst, daß sich das ziemlich einfältig anhörte.

«Ihre Kollegen aus der einschlägigen Literatur. Nachdem sie gesagt haben, daß sie nichts trinken dürfen, weil sie im Dienst sind», erläuterte Anderson und nahm einen Schluck.

Komischer Heiliger, dachte Jarvis, holte tief Luft und rieb sich den Nasenrücken. Accrington Stanley 4, Stockport County 0, Gateshead 1, Accrington Stanley 1.

«Nach Aussage des Beamten, der am Dienstag hierhergerufen wurde», sagte er, «hat eine Ihrer Patientinnen, eine Miss...»

Er warf wieder einen Blick in seine Aufzeichnungen.

«...eine Miss Rosemary Travis gewisse Behauptungen aufgestellt, die sich auf die Umstände von Mrs. Davenports Ableben beziehen.»

Anderson gab ein belustigtes Glucksen von sich.

«Die haben doch hier alle einen Zacken. Ein Rad ab, wie es heutzutage so schön heißt. Sonst wären sie nicht da, wo sie sind.»

Jarvis holte einen Stift heraus und begann ziellos in seinem Notizbuch herumzukritzeln.

«Nicht da, wo sie sind?»

«Hier nämlich», erläuterte Anderson etwas ungeduldig. «In einem Endlager für Kalkfelsen.»

Jarvis versuchte ihn mit streng dienstlicher Miene zu beeindrucken, mußte aber bei einem Blick in den Spiegel feststellen, daß er eher aussah wie einer, der an Verstopfung litt.

«Wie meine Mitarbeiter berichten, machte Miss Travis einen durchaus vernünftigen Eindruck.»

Anderson zuckte die Achseln.

«Was haben Sie denn erwartet? Die Wahnsinnsszene aus *Lucia di Lammermoor*?»

Er leerte sein Glas und schenkte sich nach.

«Die älteren Mitbürger, denen Sie hier begegnen, raufen sich nicht die Haare und haben keinen Schaum vor dem Mund», fuhr er fort. «Auf den ersten Blick wirken sie völlig normal. Aber der Schein trügt.»

Gemächlich ging er zurück zum Kamin und lehnte sich wieder an den Sims. «Wenn ich sage, daß die meisten nicht ganz dicht sind, meine ich das sowohl im wörtlichen als auch im übertragenen Sinne. Sie und ich, Inspector, mögen sich durch Fiktionen hier und da beengt fühlen, diese Leute aber werden von Fiktionen geradezu umgetrieben. Was natürlich verständlich ist. Denn während wir, an den Mast des Heute gekettet, den Blick fest auf die Zukunft richten, hängt ihr Heute nur noch an einem dünnen Faden, und eine Zukunft gibt es für sie nicht. Kein Wunder, wenn sie hin und wieder den Lockungen der Sirenen erliegen.»

Jarvis konsultierte betont die nächste Seite seines Notizbuches. Dort stand:

Bank
Apotheker: Hämorrhoiden
Reklamation Reinigung: Flecken nicht rausgegangen.
Stoff für Sause
RITA???

«Wie mir meine Mitarbeiter berichten», sagte er, «behauptet Miss Travis, Mrs. Davenport sei von einem ihrer Mitpatienten ermordet worden.»

«Mitbewohnern», verbesserte Anderson ziemlich scharf. «Ich habe keine Patienten. Patient kommt bekanntlich von *patientia*, die Geduld, und an der gebricht es mir zuweilen. Als meine liebe Mama sich in das ewige Heim verabschiedete, nachdem sie die irdische Institution gleichen Namens in meine unwürdigen Hände gelegt hatte, hätte ich natürlich am liebsten sofort alles verfügbare Bare kassiert und mich abgesetzt. Leider aber kann ich – dafür hat sie gesorgt – diese Bruchbude hier nicht verkaufen, solange noch einer der derzeitigen Insassen am Leben ist. Und so bin ich denn gezwungen, meine besten Jahre in der Gesellschaft von Sabberern und Bettnässern zu verbringen.»

Jarvis klopfte mit dem Kugelschreiber auf sein Notizbuch.

«Ich darf Sie bitten, sich auf die Beantwortung meiner Fragen zu beschränken, Sir.»

«Sie haben keine Frage gestellt, Inspector, sondern eine aufgeworfen. Wenn Sie mir nur ein wenig Zeit lassen, werden Sie begreifen, daß ich schon dabei bin, mich mit ihr auseinanderzusetzen.»

Er nahm noch einen Schluck Whisky und fuhr fort:

«Was immer die Nachteile meiner derzeitigen Situation sein mögen – ich hatte zumindest ausreichend Gelegenheit, bei meinen Schutzbefohlenen die vielfältigen Spielarten der Altersdemenz zu studieren. Im Falle Rosemary Travis äußert sie sich in Form einer übersteigerten Vorliebe für Detektivgeschichten.»

«Es geht hier nicht um Freizeitbeschäftigungen», fuhr Jarvis dazwischen.

«Sehr richtig, Inspector. Es geht um den Tod eines Menschen.»

Jarvis versah sein Kritzelkunstwerk mit einem eleganten Schnörkel.

«Eben», sagte er. «Und da ist doch die Frage, ob es ein natürlicher oder ein gewaltsamer Tod war...»

«Nicht für Miss Travis», erwiderte Anderson. «Für Menschen, die kurz vor dem eigenen Ende stehen, sind solche feinen Unterschiede unerheblich. Sämtliche Insassen dieser Einrichtung werden in Kürze einem skrupellosen, anonymen Killer zum Opfer fallen, gegen den unsere Zivilisation trotz aller Bemühungen bislang nichts hat ausrichten können. Und deshalb ist es durchaus begreiflich, wenn sie sich, um ihre Angst zu verdrängen, Rollen in einem hübschen konventionellen Krimi zuschreiben, in dem sie nicht mit unpersönlicher Auslöschung, sondern durch einen fehlbaren menschlichen Mörder bedroht werden, einen Mörder, der herkömmlich reagiert und verständliche Motive hat und dessen Namen der Leser im letzten Kapitel erfährt.»

Stockport County 0, Accrington Stanley 0, dachte Jarvis. Accrington Stanley 3, Tranmere Rovers 1. Mit diesem vertrauten Mantra schaffte er es immer wieder, Streß abzubauen. Er raffte seine ganze Autorität zusammen und sah Anderson an.

«Ich muß mit Miss Travis sprechen, Sir.»

Anderson warf durch sein Glas hindurch Jarvis finstere Blicke zu.

«An erster Stelle für mich steht das Wohlergehen der mir anvertrauten kleinen Gemeinschaft», sagte er halblaut. «So lauteten die letzten Worte meiner lieben Mama. Das heißt, in Wirklichkeit hörte sich das, was sie da brabbelte, eher an wie eine Waschmaschine im Schleudergang, aber ich weiß, was sie meinte, denn ich habe diesen Satz im Lauf meines Lebens öfter gehört, als mir lieb war.»

«Entweder hier», fuhr Jarvis unbeirrt fort, «oder im Präsidium.»

Anderson schüttete den restlichen Whisky hinunter. Dann lehnte er den Kopf an die Wand und gurgelte laut.

«Es geht nicht so sehr um den Ort der Handlung als vielmehr darum, daß ich in so einem Gespräch gewisse Gefahren für das psychologische Kleinklima sehe, das Letitia und ich hier im Heim ‹Abendsonne› geschaffen haben und das für das Wohlergehen der Bewohner unverzichtbar ist. In diesem gewissenhaft kontrollierten Umfeld können sich die von mir eingangs erwähnten Fiktionen ungehindert entfalten, ohne Schaden anzurichten. Wenn aber ein Außenseiter – insbesondere ein Mann mit einem klangvollen Rang bei der Kriminalpolizei – hier hereinschneit und verlangt, die Wahrheit zu erfahren, die Wahrheit und nichts als die Wahrheit, so wahr mir Gott helfe, wage ich mir die Wirkung auf die empfindlichen Lebensformen in diesem Habitat kaum auszumalen.»

«Es geht ja gar nicht um ein formelles Verhör», sagte Jarvis. «Ich möchte Miss Travis nur ein paar Fragen stellen.»

Anderson seufzte.

«Was erwarten Sie von einer gebrechlichen Greisin, die in ihrer eigenen Welt lebt? Einer Welt, die zwar in einigen

Zügen der unseren ähnelt, zu ihr aber nur sehr wenig Bezug hat?»

Jarvis schob das Kinn vor. Seine Augen funkelten bedrohlich.

«Ich kann auch eine richterliche Verfügung erwirken, wenn Ihnen das lieber ist, Sir.»

Anderson schlug mit der Stirn gegen die Wand.

«Tun Sie, was Sie nicht lassen können, Inspector. Ich sage Letitia Bescheid. Stellen Sie mit ihr an, was Ihnen beliebt. Mit Miss Travis, meine ich. Kein vernünftiger Mensch würde auf die Idee kommen, etwas mit Letitia anstellen zu wollen.»

Die Tür schlug zu. Jarvis atmete tief aus. Er hatte das Gefühl, daß er lange, viel zu lange die Luft angehalten hatte. Bradford City 6, Accrington Stanley 4, Accrington Stanley 0, Port Vale 0, Crewe Alexandra 0, Accrington Stanley...

Kalte Angst erfaßte ihn. 14. November 1953, trübes Wetter, fast siebentausend Zuschauer. Torschütze Brydon, Galbraith zur Halbzeit ausgetauscht, Accrington hatte gewonnen, soviel stand fest, die Stimme des Nachrichtensprechers hatte sich in die Höhe geschraubt, aber wie, verdammt noch mal, lautete das Endergebnis?

Er ließ sich in den Sessel sinken und schloß die Augen. Das war ihm noch nie passiert. Bei Bedarf hatte er noch immer sämtliche Spielergebnisse von Accrington wie aus der Pistole geschossen hersagen können. Allerdings war nach dem Umzug der Familie in eine südenglische Stadt diese Fertigkeit nicht mehr sehr gefragt gewesen. Jarvis war damals sechs, für ihn war es nicht so schlimm, aber sein Vater hatte es nie verwunden, daß er nicht mehr zum Peel Park gehen und die Jungs verlieren sehen konnte. Das Team der Stadt, in die sie gezogen waren, gehörte nicht zum Britischen Fußballverband, aber was im Süden gespielt wurde, konnte man nach Meinung seines Vaters sowieso nicht als Fußball bezeichnen. Noch zehn Jahre später hatte Harry Jarvis sich innerlich nicht von Lancashire gelöst. Nach und nach waren die Erinnerungen verblaßt, und sogar der heimatliche Dialekt hatte sich verloren; geblieben war ihm zum Schluß nur noch der FC Accrington Stanley. Jeden Samstagnachmittag setzte er sich mit seinem Sohn im Wohnzimmer ans Radio und hörte sich die Ergebnisse der Dritten Liga an: Barrow 3, Scunthorpe United 1, Brimsby Town 1, Wrexham 1, Mansfield Town 2, Accrington Stanley 3.

An dem zischenden Gasofen zu sitzen, einen Becher heißen Tee in der Hand, und die wohltönende Stimme des Ansagers die vertraute Litanei herbeten zu hören – das war für Stanley immer Höhepunkt der Woche gewesen. Auch wenn sie sich im Grunde nur für die Ergebnisse von Accrington interessierten, genoß er die steigende Spannung – von den Großen in der Ersten Liga bis zur klangvollen Koda der schottischen Clubs mit Namen, die wie Romane klangen – Patrick Thistle, Queen of the South. Besonderen Spaß machte es ihm immer, aus der Intonation des Ansagers auf das Ergebnis zu schließen: Bei einem Sieg schraubte sich die Stimme in die Höhe, bei einer Niederlage, senkte sie sich – je höher die Tordifferenz, desto merklicher –, und sie betonte die Namen gleichmäßig bei einem Unentschieden.

Der zweite Glanzpunkt der Woche war der Moment, in dem der große braune Briefumschlag aus Accrington durch den Briefschlitz fiel. In diesem Umschlag steckten ein paar Zeilen von Stans Onkel und ein Ausschnitt aus der Lokalzeitung, der die trockenen Zahlen in eine spritzig-spannende Story verwandelte, eine Story, in der ihre Lieblingsspieler verwarnt oder vom Feld geschickt wurden, Tore erzielten oder verschenkten, Helden waren oder sich lächerlich machten. Stanley verschlang diese Sportberichte wie einen Thriller in Fortsetzungen, und die Fakten und Zahlen, um die er herumgeschrieben war, prägten sich seinem Gedächtnis so unmerklich ein, daß er gar nicht wußte, welchen Schatz er da mit sich herumtrug, bis an einem Schicksalstag im März 1962 der FC Accrington Stanley zum ersten- und letztenmal in die überregionalen Schlagzeilen kam, weil seine achtundsechzigjährige Verbandszugehörigkeit ein jähes, schmachvolles Ende gefunden hatte.

Viele Jahre hatte sich der Klub mehr schlecht als recht in den unteren Rängen der Dritten Liga Nord gehalten. In den Fünfzigern kam er dann unerwartet mehrere Jahre hintereinander unter die ersten drei. Harry Jarvis unkte schon damals, das könne nicht gutgehen, sie würden schon sehen, was sie davon hätten, die Nase so hoch zu tragen, und seine bösen Ahnungen bewahrheiteten sich alsbald, denn Anfang der sechziger Jahre fand Accrington sich zum erstenmal in den Niederungen der Vierten Liga bei Versagern wie Peterbourogh oder Aldershot. Stanley-Fans bildeten sich nichts auf ihre Herkunft ein, aber sie waren keine Plebs. Es mußte ja nicht unbedingt die Zweite Liga sein, der Abstieg in die Vierte aber war ein Stigma, das ihnen ebensoviel Angst machte wie das Armsein. Doch kaum hatte die Familie dieses Unglück verwunden, geschah noch Schlimmeres: Der durch Schulden und Mißmanagement abgewirtschaftete Klub verließ mitten in der Spielzeit den Fußballverband, ohne die geplante Veranstaltungsreihe zu beenden.

Der Fischhändler hatte Stanleys Mutter, die in diesen Dingen zimperlich war, einmal gezeigt, wie man auf humane Art einen Hummer tötet: Man sticht das Tier mit einem spitzen Gegenstand – er hatte eine Ahle benutzt – direkt ins Nervenzentrum. Ganz ähnlich hatte sich die Nachricht von Accringtons Ableben auf Stans Vater ausgewirkt. Der Klub hatte ihn für all das entschädigt, was er verloren hatte – den Nebel, der vom Hochmoor herabwallte, den Anblick von Mädchenschenkeln auf der Treppe zum Oberdeck der Busse, das Schmeißfliegengewimmel auf den Speckseiten im Fenster des Lebensmittelhändlers –, und jetzt hatte man ihn auch noch dieser letzten, scheinbar unangreifbaren Zuflucht beraubt. Harry Jarvis wurde über Nacht zum stumpfsinnigen Alkoholiker.

Sein Zusammenbruch währte nur etwa einen Monat, dann fing er ein Verhältnis mit der Nachbarin an, was ihn wieder auf die Beine brachte, aber das konnte damals noch niemand wissen. Der verstörte Stan merkte, daß man den Vater nur aus seiner Lethargie reißen konnte, wenn man ihn mit Szenen aus der ruhmreichen Vergangenheit des Klubs, mit Heldentaten und Pannen aus früheren Spielen ablenkte, an denen er seine Bewunderung und seine Empörung festmachen konnte. Während er seinem Vater diese Therapie angedeihen ließ, stellte Stanley fest – was ihn weder besonders stolz machte noch besonders überraschte –, daß er sämtliche Daten und Fakten der Accrington-Stanley-Klubgeschichte aus den letzten zehn Jahren in seinem Gedächtnis auf Abruf bereit hatte. Erst sechs Jahre später aber ging Stanley – inzwischen war sein Vater mit der Nachbarin zusammengezogen, und er selbst besuchte die Polizeiakademie in Hendon – zu seinem ersten Fußballspiel.

Es war die größte Enttäuschung seines Lebens. Statt eines eleganten Zusammenspiels, eines nach allen Regeln der Kunst aufgebauten Dramas mit Anfang, Mitte und Ende, mit immer raffinierteren Verwicklungen, die auf einen Höhepunkt zutrieben und dort eine befriedigende Lösung fanden, sah er ein deprimierendes, sinnloses Hin und Her, erfolglose Schüsse, vermurkste Pässe, zynische Brutalitäten, ein Match ohne erkennbare Struktur, erkennbaren Rhythmus, ohne Sinn und Verstand. Zur Halbzeit verließ Stan das Stadion und machte sich am nächsten Tag nicht einmal die Mühe, das Ergebnis in der Zeitung nachzulesen.

Jarvis stand auf und versuchte, sich auf seinen Fall zu konzentrieren. Er brauchte ja bei dieser Travis nur so zu tun als ob, dann konnte er wieder gehen. Im Gegensatz zu Anderson, dem armen Schwein. Kein Wunder, daß er ein bißchen wunderlich geworden war hier auf der grünen Wiese, umgeben von alten Leuten, die jenseits von Gut und Böse und nach Tomkins' Aussage ganz schön daneben waren. Mit Kindern war es schon schlimm genug, aber bei denen bestand wenigstens noch eine gewisse Hoffnung auf Besserung. Eine schreckliche Vorstellung, ständig nur mit Leuten zusammenzusein, mit denen es jeden Tag schlimmer wurde...

Na ja, ihn sollte das nicht weiter kratzen. Die Hauptsache war der Bericht. Dagewesen, dies gesehen, jenes unternommen, alles aktenkundig und jederzeit nachzulesen. Außerdem war der Fall ja völlig problemlos. Sie hatte das Gift selber geschluckt, ganz klar, laut Obduktionsbericht einen Cocktail aus einem morphinhaltigen Schmerzmittel, einer reichlichen Überdosis von Schlaftabletten, die sie der Freundin entwendet hatte, und etlichen Schnäpsen. Die Frage nach dem Warum gab keine Rätsel auf. Sie hatte erfahren, daß ihre Krebserkrankung unheilbar war, und schon vorher überall verbreitet, daß sie nicht im Krankenhaus sterben wollte. Völlig problemlos also...

Auch daß diese Rosemary Travis ihnen mit ihrer Mordtheorie Sand ins Getriebe gestreut hatte, wäre nicht weiter schlimm gewesen, hätte es da nicht den forensischen Bericht über die am Tatort sichergestellten Proben gegeben. Wichtig ist, daß der Fall keine Widersprüche aufweist, pflegte Jarvis seinen Anfängern zu predigen. Wie ihr ihn darstellt, ist im Grunde egal, Hauptsache, eins paßt zum anderen. Wenn aber das, was auf Seite 42 steht, dem widerspricht, was ihr auf Seite 24 geschrieben habt, seht ihr ganz schön alt aus.

In dieser Sache gab es zum Glück keine wesentlichen Diskrepanzen, die jeder Polizist fürchtet wie der Teufel das Weihwasser und die einem den schönsten Fall kaputtmachen können, wenn man sie nicht rechtzeitig entdeckt. Hier handelte es sich nur um eine kleinere Abweichung von der Norm. Die Substanzen, die laut Bericht des Pathologen den Tod herbeigeführt hatten, fanden sich sämtlich auch in dem Kakao sowie in dem Schmerzmittel von Dorothy Davenport. Auffällig war nur, daß der Alkohol – ein bekannter Markenlikör – mit dem morphinhaltigen Schmerzmittel vermischt und die Schlaftabletten zerdrückt und im Kakao aufgelöst worden waren.

Natürlich war nicht auszuschließen, daß Mrs. Davenport diese Mixtur selbst zubereitet hatte, aber die Regel war so was nicht. Normalerweise machten sich Selbstmörder nicht die Mühe, aus den einzelnen tödlichen Zutaten einen Cocktail herzustellen. Sie schluckten das Zeug so, wie es war, und verließen sich darauf, daß im Magen schon alles zusammenkommen würde. Okay, eine kleine Abweichung also, mehr nicht, die sich bestimmt schnell würde aufklären lassen. Wenn das geschehen und protokolliert war, konnte er Leine ziehen und, wenn er Glück hatte, unterwegs noch einen zur Brust nehmen.

«Guten Tag, Inspector.»

Eine leise, angenehme Stimme. Jarvis drehte sich um. Von der düsteren Halle her näherte sich eine ältere Dame. Um die Sechzig, sagte sich Jarvis, revidierte diese Schätzung aber rasch nach oben, als sie ins Licht trat und er sie genauer erkennen konnte. Gut erhalten, dachte er anerkennend,

Haut und Haare bestens in Schuß. Die sieht in tausend Jahren noch genauso aus. Wie dieser Typ, den sie im Torfmoor gefunden haben...

«Das darf ja nicht wahr sein!»

Sie war unvermittelt stehengeblieben und sah Jarvis mit großen Augen an.

«Ich kann es noch gar nicht fassen. Bitte denken Sie nicht, daß ich mich bei Ihnen anbiedern will, Inspector, aber Sie haben eine frappierende Ähnlichkeit mit einem meiner Großneffen... Ein bißchen leichtfertig, der junge Stuart, aber ein Charmeur von hohen Graden. Er lebt in Kanada, ich habe ihn seit einer halben Ewigkeit nicht mehr gesehen. Nein, ist es denn die Möglichkeit...»

Jetzt kam auch Anderson herein, gefolgt von einer bulligen Frau um die Dreißig in einem formlosen Overall.

«Darf ich Sie mit meiner Schwester Letitia bekannt machen, Inspector?» sagte er mit gewinnendem Lächeln.

Die Frau im Overall nickte Jarvis zu, der ihren Gruß mit einem höflichen Neigen des Kopfes erwiderte. Anderson führte die ältere Dame zum Sessel.

«Und das», sagte er, «ist Miss Rosemary Travis.»

8

«Miss Travis, die Kollegen, die letzte Woche aufgrund eines Notrufs über 999 herkamen, haben mir berichtet, Sie hätten gewisse Behauptungen im Hinblick auf Mrs. Davenports Ableben aufgestellt. Es wäre durchaus verständlich, wenn Sie – in der Hitze des Gefechts gewissermaßen – etwas gesagt hätten, was im Grunde nicht so gemeint war. Falls dem so ist, können Sie das ganz offen zugeben, und der Fall ist für uns erledigt.»

Die ältere Dame saß kerzengerade auf der Sesselkante. Jarvis, Anderson und seine Schwester standen um sie herum. Weil er nicht den Eindruck erwecken wollte, es handele sich um ein Verhör, setzte sich Jarvis auf den Hocker, der vor dem Schreibtisch stand.

«Es muß ein großer Schock für Sie gewesen sein», sagte er mitfühlend.

Rosemary Travis begegnete furchtlos seinem Blick.

«Ein Mord ist immer unerfreulich, Inspector, besonders wenn es sich bei dem Opfer um die beste Freundin handelt.»

«Schluß mit dem Gequatsche, Travis», schnauzte die Frau im Overall. Gleichzeitig warf sie Jarvis einen koketten Blick zu.

«Schwer unterbelichtet», sagte sie.

Anderson legte seiner Schwester einen Arm um die Schulter.

«Ich schlage vor, daß du mal nachsiehst, was das Mittagessen macht, Letty», sagte er halblaut.

Sie fuhr zusammen.

«Das ist nicht nötig, William.»

Er drückte ein bißchen fester zu.

«Ich glaube doch.»

«Es gibt Brote mit Frühstücksfleisch und kalte Bohnen in Tomatensoße. Was kann da schon schiefgehen?»

Anderson lächelte etwas gequält.

«Trotzdem wäre es mir lieber.»

«Ich will aber nicht.»

Sie sahen sich unverwandt an, bis Letty hörbar anfing zu schnaufen. Ihre linke Wange zuckte. Anderson nahm lächelnd seinen Arm weg, Letty rannte aus dem Zimmer und schlug die Tür hinter sich zu.

Seufzend schüttelte Anderson den Kopf.

«Arme Letitia!» Er sah Jarvis an. «Unser Vater war ein hochintelligenter Mann, unsere Mutter eine bildschöne Frau. Wenn es gerecht zuginge auf der Welt, wären diese Gaben auf uns Kinder gerecht verteilt worden. Bedauerlicherweise aber erbte ich Papas Kopf und Mamas Aussehen, während Letitia das Spatzengehirn von der Mutter und die vierschrötige Figur vom Vater hat, eine wenig beneidenswerte Zusammenstellung, was ihre zuweilen etwas schroffe Art vielleicht ein wenig verständlicher macht. Entschuldigen Sie bitte die Unterbrechung, Inspector.»

Gemächlich ging er zum Schreibtisch hinüber und schenkte sich nach. Jarvis wandte sich an die alte Dame, die noch immer auf der Sesselkante saß. Ihr Gesicht trug einen entschlossenen Ausdruck, gab aber nicht preis, was sie von der Szene dachte, die sie gerade miterlebt hatte.

Jarvis holte sein Notizbuch heraus, schlug eine leere Seite auf und leckte an der Bleistiftspitze.

«So, dann wollen wir mal.»

Rosemary Travis runzelte die Stirn.

«Wie meinten Sie, Inspector?»

«Weshalb glauben Sie, daß Mrs. Davenport ermordet wurde?» fragte Jarvis.

«Ich glaube es nicht.»

Jarvis kniff die Augen zusammen. «Nicht?»

«Ich *weiß*, daß sie ermordet wurde. Und Sie müßten das eigentlich mittlerweile auch wissen. Die Beweislage ist schließlich eindeutig.»

Anderson sah Jarvis vielsagend an. Vielleicht hat er ja recht, dachte Jarvis verärgert. Wenn die Alte gleich so anfängt, kann man ihre Aussage wohl vergessen...

«Beweislage?» wiederholte er knurrig.

«Damit meine ich natürlich das morphinhaltige Schmerzmittel und den Kakao. Durch gutes Zureden habe ich Ihren Mitarbeiter schließlich so weit gebracht, daß er Proben von beidem mitgenommen hat. Frank hieß er, wenn ich mich recht erinnere. Der Kurzsichtige von der Isle of Wight. Ich habe selbstverständlich angenommen, die Substanzen seien inzwischen untersucht worden, und das Ergebnis läge dem Leiter der Ermittlungen vor.»

Sie musterte Jarvis etwas bedenklich. «Sie *sind* doch der Leiter der Ermittlungen?»

Jarvis hatte durchaus Verständnis für Miss Travis' Zweifel. Er wußte selbst, daß er in diesem Moment ein schafsmäßig dummes Gesicht machte. Frank – ‹nennen Sie mich Franklin› – Tomkins war in der Tat in Newport geboren und aufgewachsen, doch nur unter Folter hätte er zugegeben, daß es sich um den Ort Newport auf der Isle of Wight und nicht um Newport, Kentucky, handelte und die dunkle

Brille bei ihm kein Modegag, sondern ein Zugeständnis an seine Fehlsichtigkeit war.

Jarvis gab sich einen Ruck. «Die fraglichen Substanzen wurden der Spurensicherung zur routinemäßigen Untersuchung übergeben.»

«Und mit welchem Ergebnis?»

Jarvis zog sein Notizbuch zu Rate.

«Der Kakao in dem Becher enthielt Nitrazepam, besser bekannt unter dem Handelsnamen Mogadon. In der Medizinflasche befand sich eine Mischung aus einem morphinhaltigen Schmerzmittel, wie auf dem Etikett angegeben, und einem bekannten Markenlikör, Curaçao Blau von Bols.»

«Ich persönlich ziehe den faßgereiften Ardbeg 73 vor», bemerkte Anderson ungefragt. «Die Brennerei ist inzwischen geschlossen, aber der Geist lebt weiter, hahaha. Kann ich Sie wirklich nicht verführen, Inspector?»

Rosemary strich ihren Rock glatt.

«Soviel zu Ihrer Beweislage», sagte sie streng. «Ich kann Ihnen jetzt schon sagen, daß die Suche nach dem Täter ein kriminalistischer Härtetest werden dürfte. An jenem Abend waren sämtliche Heimbewohner in Dorothys Zimmer, um sich von ihr zu verabschieden, und in dem Durcheinander nach Miss Davis' Abgang wäre es für alle ein Leichtes gewesen, die tödliche Menge an Schlaftabletten in den Kakao und den Likör in das Schmerzmittel zu geben.»

Jarvis knirschte unwillkürlich mit den Zähnen. Preston North End 1, Accrington Stanley 1. Billy Duffys Tor hatte die «Roten» noch mal rausgerissen, aber das Rückspiel hatte dann Preston gewonnen. Sie hatten geweint, er und sein Vater.

«Wer ist Miss Davis?» fragte er.

«Meine Schwester», erwiderte Anderson. «Letty bevorzugt den Mädchennamen meiner Mutter, um eine «Aussage zu machen», wie sie es ausdrückt.»

Rosemary hüstelte diskret, als wollte sie die Versammlung zur Ordnung rufen.

«George Channing ist der einzige, der mit Sicherheit jetzt schon aus dem Rennen ist», fuhr sie fort, «da er nach dem unglückseligen Zwischenfall mit Mr. Andersons Hund das Bett hüten mußte. Bleiben noch sieben Verdächtige. Eine hübsche runde Zahl, Inspector, die Raum für die verschiedensten Theorien läßt, ohne daß man sich, wie die liebe Dorothy es einmal ausdrückte, in uferlosen Spekulationen verlieren kann.»

Jarvis rutschte unruhig auf seinem Hocker herum, der ihm von Minute zu Minute härter vorkam.

«Hören Sie, Miss Travis, es sieht doch ganz so aus, als hätte die Tabletten aus Ihrem Zimmer niemand anders holen können als –»

«Diese Spur würde ich an Ihrer Stelle gar nicht erst weiterverfolgen», unterbrach ihn Rosemary. «Die Heimbewohner haben keine Möglichkeit, ihre Zimmer abzuschließen, und ich nehme nur sehr selten Schlaftabletten. Allen Verdächtigen wäre es möglich gewesen, sie in einem unbeobachteten Moment mitgehen zu lassen. Ich meine, wir sollten uns auf den Curaçao konzentrieren.»

«Meine liebe Miss Travis –», setzte Jarvis mit sonorer Stimme an.

«Früher bekamen wir zu Weihnachten und ähnlichen Festen ein Glas Sherry, aber diese Sitte ist bedauerlicherweise längst eingeschlafen. Mr. Anderson wird Ihnen bestätigen, daß die Heimbewohner derzeit keinerlei Zugang zu alkoholischen Getränken haben. Wenn dem so ist, müssen wir zunächst feststellen, wie der Täter – oder die Täterin – an jenen exotischen Likör kam, mit dem er – oder sie – die einschläfernde Wirkung des Schmerzmittels auf so unheilvolle Weise verstärkte.»

Jarvis fand, daß es höchste Zeit war, seine Autorität wieder ins Spiel zu bringen. Auch war ihm sehr viel daran gelegen, seinen schmerzenden Hinterbacken Erleichterung zu verschaffen. Er erhob sich zu seiner vollen Größe und baute sich – ein beliebter Einschüchterungstrick unserer Ordnungskräfte – bedrohlich mit den Ballen wippend vor der alten Dame auf.

«Natürlich ist es schmerzlich für Sie zu akzeptieren, daß Mrs. Davenport durch Freitod aus dem Leben geschieden ist», sagte er. «Trotzdem sehe ich beim besten Willen keinerlei Hinweise auf Fremdverschulden. Als wir erfuhren, daß eine der Proben Curaçao enthielt, haben wir selbstverständlich sofort Nachforschungen angestellt. Curaçao Blau von Bols gehört zu den alkoholischen Getränken, die den Besitzern des Hauses gehören.»

Anderson trat an den Schreibtisch, hob eine Flasche mit breitem Boden hoch und ließ den dickflüssigen blauen Inhalt langsam hin- und herschwappen.

«Mit diesem Zeug pflegt meine Schwester sich zu vergiften», sagte er. «Für mich kommt Curaçao gleich nach Methylalkohol.»

«Sie schließen hier nicht ab?» vergewisserte sich Jarvis.

Rosemary hob die Hand wie eine Schülerin im Unterricht.

«Nein, nie», bestätigte Anderson. «Obschon meine kleine Zuflucht theoretisch Sperrgebiet für die Heimbewohner ist, hätte Mrs. Davenport sich ohne weiteres hier bedienen können, wenn sie etwas Hochprozentiges für ein schmerzloses Ende suchte. Rätselhaft ist mir nur, weshalb sie bei einer so großen Auswahl seltener, in manchen Fällen gar nicht mehr auf dem Markt befindlicher Malt Whiskys ausgerechnet auf dieses widerliche blaue Gesöff verfallen ist.»

«Genau!» bestätigte Rosemary triumphierend.

Sie sprang auf und packte Jarvis am Arm.

«Begreifen Sie doch, Inspector: Das ist der Schlüssel zu dem Fall! Selbst wenn Dorothy es fertiggebracht hätte, hier einzudringen und geistige Getränke zu stehlen – und jeder, der sie kannte, würde Ihnen bestätigen, wie grotesk eine solche Vorstellung ist –, bleibt die Frage, warum sie von allen ihr zur Verfügung stehenden Schnäpsen und Likören ausgerechnet den gewählt hat, der auf den ersten Blick in ihrem morphinhaltigen Schmerzmittel nicht auffiel, *weil beide die gleiche Farbe hatten.*»

Sie sah Jarvis scharf an.

«Hätte Dorothy ihrem Leben selbst ein Ende machen wollen, hätte sie weder die Schlaftabletten im Kakao auflösen noch den Likör so unauffällig mit ihrem Schmerzmittel zu vermischen brauchen. Solche Tricks und Kniffe konnte sich nur jemand ausdenken, der zu vertuschen suchte, daß Dorothy nicht durch Selbstmord, sondern durch einen kaltblütig geplanten Mord ihr Leben verlor.»

«Oder der diese Tatsache ganz im Gegenteil ins Blickfeld rücken wollte», sagte Jarvis.

Sie sahen sich einen Augenblick stumm an.

«Tut mir leid, das verstehe ich nicht», erwiderte Rosemary ziemlich von oben herab.

Jarvis wandte sich an Anderson.

«Ich würde gern kurz unter vier Augen mit Miss Travis sprechen, Sir.»

Anderson schlug einen vertraulichen Ton an.

«Sie nehmen doch die Frau nicht etwa ernst? Lassen Sie sich warnen, Inspector! Letty mag eine miese Schlampe mit einem üblen Mundwerk sein, aber für Leute wie diese Travis hat sie einen guten Blick. Wie alle Menschen, die sich erst selbst täuschen müssen, um andere täuschen zu können, ist die Alte verdammt raffiniert. Lassen Sie sich nicht in ihren Netzen fangen, Inspector, Sie würden sich damit bei Kollegen und Vorgesetzten unsterblich lächerlich machen.»

«Wenn Sie gestatten, werde ich meine Arbeit so tun, wie ich es für richtig halte», sagte Jarvis steif.

Anderson zuckte die Schultern.

«Meinetwegen.» Seufzend schenkte er sich nach, schlurfte aus dem Zimmer und machte die Tür betont leise hinter sich zu.

«Sie spielen hoffentlich nicht mit dem Gedanken, das Personal zu verdächtigen», sagte Rosemary zu Jarvis. «Ich gehe zwar nicht soweit wie manche Puristen, die solche Lösungen aus Prinzip ablehnen, aber wenn ein Verdacht derart augenfällig ist wie bei diesem Anderson, *muß* er auf eine falsche Fährte führen.»

Jarvis faßte seinen Nasenrücken fest zwischen Zeigefinger und Daumen. Lieber Gott, gib mir Geduld, dachte er. Laß mich nicht die Hand gegen eine alte Dame erheben.

«Darf ich Ihnen in Erinnerung rufen, Miss Travis, daß wir es mit dem wirklichen Leben zu tun haben und nicht mit einem Thriller?»

«Thriller?» wiederholte Rosemary scharf. «Mein lieber Inspector, Sie werden mir doch nicht eine Neigung zu solchem Schund zutrauen? Mich interessiert ausschließlich der klassische englische Kriminalroman mit seiner einzigartigen Mischung aus Logik und Fair Play, in dem kein Platz für schludriges Herumgerate oder ordinäre Sensationshascherei ist. Wer die Regeln des Genres beachtet, allen Hinweisen folgt und die entsprechenden Schlußfolgerungen zieht, müßte normalerweise den Fall selbst lösen können.»

«Im wirklichen Leben», fuhr Jarvis ungerührt fort, «sind

Giftmorde relativ selten. Bei nur sechs Prozent aller Tötungsdelikte spielt Gift eine Rolle.»

«Diese Zahl erfaßt lediglich die bekannt gewordenen Fälle. Wie viele Giftmorde aber mögen mit Erfolg als Krankheit, Unfall oder – wie hier – Selbstmord durchgehen?»

Jarvis schlug sich mit der flachen Hand an die Stirn.

«Herrgott noch mal...»

Er sah einen Augenblick ins Leere und ließ die Spielergebnisse und den Tabellenstand für Januar 1958 vor seinem geistigen Auge abrollen. Achtzehntausend hatten das Einszueins in Bury miterlebt. Das waren noch Zeiten...

«Ich bin Kriminalbeamter, Miss Travis», erklärte er schließlich.

«Ich weiß, ich weiß», bestätigte Rosemary heiter.

«Als Kriminalbeamter kann ich mit Geschichten vom Hörensagen, mit Andeutungen, Gerüchten und Hirngespinsten nichts anfangen. Ich brauche Beweise. Und es gibt, wie gesagt, keinerlei Beweise dafür, daß Mrs. Dorothy Davenports Tod auf Fremdverschulden zurückzuführen ist.»

«Aber warum sollte Dorothy sich die Mühe machen, die Fremdsubstanzen dem Kakao und ihrer Medizin so kunstvoll beizugeben, daß auf den ersten Blick niemand etwas davon gemerkt hat?»

«Wenn Sie mich so fragen: Das hat sie auch nicht getan.»

«Eben», bestätigte Rosemary siegesbewußt. «Wer dann?»

«Sie.»

Lange Minuten sahen sie einander stumm an. Dann ging ein zufriedenes Lächeln über das blasse Faltengesicht von Rosemary Travis.

«Wissen Sie was, Inspector? Sie sind gar nicht so dumm, wie Sie aussehen. Daß ich mich selbst bewußt aus dem Kreis der Verdächtigen ausgeschlossen habe, haben Sie sehr richtig beobachtet.»

Jarvis legte die Hände vors Gesicht. Das darf nicht wahr sein, dachte er.

«Das darf nicht wahr sein», sagte er.

Rosemary runzelte die Stirn.

«Bei dem derzeitigen Stand der Ermittlungen müssen wir allen, auch den unwahrscheinlichsten Hinweisen nachgehen. Selbst George Channing sollten wir vielleicht nicht so ohne weiteres für unschuldig halten. Gerade ein so hieb- und stichfestes Alibi wie das seine kann verdächtig sein. Außerdem hat er das Zimmer neben dem des Opfers. Geheimgänge sind immer ein etwas zweifelhafter Kunstgriff, aber einer wäre wohl in so einem Haus durchaus zulässig. Andererseits ist es aufgrund von Channings schweren Verletzungen wohl ausgeschlossen, daß...»

«Was für Verletzungen?»

«...und natürlich ist bei ihm kein so klares Motiv zu erkennen wie zum Beispiel bei den Andersons...»

Jarvis war zumute wie an jenem unvergeßlichen Tag, als Accrington Stockport Vier zu Null geschlagen und sich damit den weiteren Aufstieg gesichert hatte und er die Neigen in den White-Label-Flaschen seines Vaters hatte austrinken dürfen. Das Fußballfeld kippte zur Seite, die Türpfosten tanzten, der Schiedsrichter war plötzlich spurlos verschwunden.

«Wer ist dieser Channing?» fragte er angriffslustig. «Was war denn mit ihm?»

Rosemary machte eine unbestimmte Handbewegung.

«Bleiben wir beim Thema, Inspector. An Channings Leiden ist für uns allenfalls interessant, daß sie ihm ein erstklassiges Alibi liefern –»

«Was ist mit ihm passiert?»

«– mit dem der Verdacht von dem oder der wahren Schuldigen abgelenkt wurde, der oder die seine/ihre Spuren geschickt verwischt hat, indem –»

«Hergott noch mal, so sagen Sie mir doch endlich, was passiert ist.»

Rosemary winkte ungeduldig ab.

«Nein, Inspector! Da Sie ja ohnehin nicht auf meine Ratschläge hören, können Sie das gefälligst ohne meine Hilfe in Erfahrung bringen.»

9

«Soll ich Ihnen mal was verraten? Ich wär eigentlich auch gern zur Polizei gegangen», sagte Miss Davis, die Jarvis nach oben führte.

«Da ist uns bestimmt eine tüchtige Kraft verlorengegangen», erwiderte Jarvis galant. Miss Davis kicherte.

«Zur Polizei oder zur Armee», fuhr sie fort. «Leider ist nichts draus geworden. Weil ich ein Mädchen und auch noch die Jüngere war, hab ich mich überreden lassen, es mit der Schule zu versuchen.»

Sie lachte belfernd.

«Im Grunde kam's dann auf dasselbe raus. Die Eltern haben wohl gedacht, Lehrerin wär das richtige für 'ne Dame. So ähnlich wie Krankenschwester, nur auf höherer Ebene. Früher, als in den Familien noch Zucht und Ordnung herrschten, war's vielleicht wirklich mal so, da brachten die Kids wenigstens schon ein bißchen was an Erziehung mit. Aber was kann man ihnen heutzutage noch groß beibringen? Höchstens, daß es keinen Zweck hat, sich mit dem System anzulegen.»

«Sehr richtig», sagte Jarvis halblaut.

«Aber mal ohne Quatsch», sagte Miss Davis. «Im Disziplinhalten war ich ein Naturtalent. Ehrlich.»

Sie öffnete eine Tür, die aussah, als führe sie zu einem begehbaren Schrank.

«Eigentlich», fuhr sie nachdenklich fort, «hab ich nur die Uniform vermißt. Und daß ich nicht immer richtig durchgreifen konnte... Sie verstehen?»

Von dem engen Verschlag gingen zwei Türen mit billigen goldfarbenen Klinken ab. Miss Davis betrat das Zimmer zur Linken. Die Wände zierte eine Blümchentapete, die bis zu der hohen Decke reichte. Aus dem schmutzigen Schiebefenster sah man auf einen verwilderten Garten, in dem ein großer Hund an einer orangeroten Leine festgebunden war. Der Raum war kalt und grabesstill.

«Da hat sie ihr Leben ausgehaucht.» Miss Davis deutete auf ein eisernes Bettgestell in der hinteren Ecke. «Ausgekotzt, genauer gesagt. Sehr unappetitlich, aber so was kommt hier alle Tage vor. Und raten Sie mal, wer sich dann hinhocken und den Dreck wegputzen muß... Mein lieber Bruder macht sich mit so was doch nicht die Finger schmutzig, der spielt lieber den feinen Pinkel.»

Jarvis musterte rasch die wenigen persönlichen Habseligkeiten, die auf der Kommode Staub ansetzten, und griff nach einem kleinen kegelförmigen Stein, der sich bei näherer Betrachtung als ein Souvenir von Land's End entpuppte. Wenn er unumwunden sagte, er wolle mit George Chaning sprechen, hatte Rosemary Travis ihn gewarnt, würden die Andersons ihn mit der Behauptung abwimmeln, Channing fühle sich nicht wohl genug, um Besucher zu empfangen. Er solle einfach sagen, er wolle sich Mrs. Davenports Zimmer ansehen – was ja in dieser Situation nahelag – und sich dann unter einem Vorwand Zugang zum Nebenzimmer verschaffen.

Jarvis ließ sich zwar ungern von Dritten in berufliche Dinge hineinreden, mußte aber zugeben, daß dies ein kluger

Schachzug war. Einem Mann wie Anderson, der mit dem Parlamentsabgeordneten des Bezirks verwandt war und angeblich einen guten Draht zu etlichen hohen Tieren im Stadtrat hatte, durfte man nicht auf die Hühneraugen treten. Er stellte das Andenken aus Land's End wieder neben den hölzernen Ständer mit den Schnapsfläschchen und zog mit dem Finger eine Spur durch den Staub auf der Kommode. Ein langes Haar ringelte sich um seinen Finger und blinkte in dem trüben Licht auf. Fröstelnd streifte er es ab. Er hatte zwar die Fotos gesehen, ja, er war sogar bei der Obduktion gewesen, aber die Tatsache, daß Dorothy Davenport tot war, kam ihm erst jetzt so richtig zu Bewußtsein.

In der Zimmermitte absolvierte Miss Davis ein kurzes, aber kraftvolles Fitnessprogramm. Jarvis deutete auf die Habseligkeiten der Toten.

«Wollen Sie das Zeug nicht wegräumen?» fragte er barsch. «Sie müssen doch Platz für den nächsten Zugang schaffen.»

«Schön wär's ja», keuchte Miss Davis.

Jarvis nahm eine grüne Ginflasche im Miniformat aus dem Ständer, schraubte den Verschluß ab und drehte sie um. Ein brackiger Wassertropfen fiel auf seinen Handrükken.

«Wieso? Hat die Rezession jetzt auch die Altenpflege erreicht?»

Jarvis stellte die Flasche wieder zurück und griff nach einem verstaubten Mohnblumenstrauß.

«Im Gegenteil.» Miss Davis ließ schnaufend die Arme über dem Kopf kreisen. «Unser Geschäft boomt. Das Problem ist William. Als Kind ist er schändlich verwöhnt worden. Hat keinen Mumm in den Knochen, der Mann!»

Eine welke Blüte brach unter Jarvis' Fingern weg und

fiel zu Boden. Der Luftzug, den Lettys Turnübungen erzeugten, trieb sie in kreiselnder Bewegung quer durch den Raum bis zum Kopfende des Bettes.

«Wer sich hinstellt und behauptet, daß Altenarbeit Freude macht, ist nicht ganz dicht», stieß Miss Davis zwischen zwei Kniebeugen hervor, «aber immerhin kann man davon leben. Man schlachtet nicht die Gans, die die goldenen Eier legt, so sehe ich das. Aber William kann's kaum erwarten, bis hier Schluß ist.»

Als Jarvis sich nach der Mohnblüte bückte, sah er auf dem Boden etwas glänzen. Mit zwei Fingern faßte er nach dem rutschigen Plastikfetzchen und hob es auf.

«Und was wird dann aus Ihnen?» fragte er. «Gehen Sie zurück in die Schule?»

Auf der Plastikhülle war eine schwarze Beschriftung zu erkennen. Jarvis hielt sie ans Licht. «50 ml Einwegspr-» las er.

«Kommt nicht in die Tüte», schnaubte Miss Davis.

Jarvis verstaute den Fund in seiner Brieftasche.

«Wenn die Arbeit bei der Polizei Sie immer noch interessiert», sagte er, «ließe sich da sicher was machen.»

Miss Davis beendete ihr Programm.

«Echt?»

«Wir suchen Leute mit der richtigen Denkweise», sagte Jarvis. «Alles andere kann man lernen, aber die Einstellung hat man, oder man hat sie nicht.»

Miss Davis machte große Augen. «Und Sie glauben, ich habe sie?»

Jarvis zwinkerte ihr zu. «Ich spüre es in allen Knochen.»

Miss Davis errötete. «Mannomann», sagte sie.

«Und jetzt gehen wir rasch noch mal ins Nebenzimmer», fuhr Jarvis sachlich fort, «für den Fall, daß es da einen Geheimgang gibt.»

Miss Davis machte ein betretenes Gesicht.

«Geheimgang?»

«Einer wäre wohl in so einem Haus durchaus zulässig», sagte er leichthin und setzte sich in Bewegung.

Miss Davis holte ihn ein. «Das geht nicht.»

«Aber warum denn nicht? Sie haben doch sicher nichts zu verbergen...»

Sie sah ihn einen Augenblick an, dann zuckte sie die Schultern. «Da muß ich erst William fragen.»

Jarvis tippte sich mit dem Zeigefinger an die Nase.

«Regel Nummer eins: Was der Chef nicht erfährt, ist nicht passiert. Klar?»

«Ja, aber –»

«Klar?»

Miss Davis nickte. «Klar.»

Jarvis öffnete die Tür. Auf den ersten Blick schien alles so zu sein wie im Nebenzimmer. Hier wie da altes, wackliges Mobiliar, hier wie da bedrückendes, frostiggraues Licht, Trostlosigkeit und Verfall. Als einzigen Unterschied nahm Jarvis zunächst wahr, daß in dem Fenster die untere Scheibe fehlte und die Öffnung mit einem Brett zugenagelt war. Dann hörte er ein leises Stöhnen und sah zu seiner Bestürzung, daß das Dunkle auf dem Bett keine Matratze war, sondern ein an Hand- und Fußgelenken an das Bettgestell gefesselter Mann.

«Das hat der Arzt so angeordnet», erläuterte Miss Davis und band ihn eiligst los. «George wollte einfach nicht stilliegen, so daß seine Wunden immer wieder aufgingen. Da mußten wir ihn fixieren.»

Matt bewegte der alte Mann Arme und Beine und den zahnlosen Kiefer. Auf der einen Gesichtshälfte zogen sich lange flache Kratzer von der Schläfe bis zum Kinn, auf der anderen hatte er zwei tiefe Wunden, die genäht worden waren. Hände und Arme steckten in dicken Verbänden, der übrige Körper war unter der Bettdecke verborgen.

«Was ist denn hier los?» fragte Jarvis.

Miss Davis stellte sich ans Kopfende des Bettes. «Kleiner Unfall, stimmt's, George? Gestolpert und aus dem Fenster gefallen ist er.»

Channing sah Jarvis an. «Sie haben den Hund auf mich gehetzt.»

«Das ist gelogen», schrie Miss Davis und ballte die Faust.

Jarvis packte sie am Arm und zog sie beiseite.

«Wenn Sie bei der Polizei was werden wollen», zischelte er, «dürfen Sie einen Beamten nie bei einem Zeugenverhör stören.»

«Aber der Alte schwindelt das Blaue vom Himmel runter.»

Jarvis nickte ernst.

«Ja, glauben Sie denn, ich nehme ihm seine Geschichte ab?»

Miss Davis glotzte ihn an. Jarvis gab ihr einen spielerischen Rippenstoß.

«Regel Nummer zwei: Die Zeugen reden lassen. Je mehr sie sagen, desto schneller kommen die Widersprüche heraus, und damit laufen sie einem ins Netz.»

Miss Davis' Gesicht verzog sich zu einem anerkennenden Grinsen. Sie holte aus und knuffte Jarvis gegen die Schulter.

«Mann, Sie sind mir aber einer!»

Jarvis rieb sich heimlich die schmerzende Stelle und setzte sich auf den Bettrand.

«Wie war das mit dem Hund?» fragte er den Alten.

Der lächelte verächtlich. «Die Deutschen haben mich 1944 nicht halten können. Damals bin ich bis Ostende gekommen und hätte es bis nach Hause geschafft, wenn mich nicht so ein gottverdammter Belgier verraten hätte. Hab auf der Straße gepfiffen, mit den Händen in den Hosentaschen. Macht man offenbar nicht auf dem Kontinent.»

Er deutete mit einer verbundenen Hand auf das vernagelte Schiebefenster.

«Hab den Rahmen rausgeholt und bin durchgekrochen. Unten bin ich auch heil angekommen, aber dann hat mich die Töle erwischt.»

«Und seither liegen Sie hier angebunden im Bett?»

Channing nickte.

«Nachmittags war der Doktor da und hat mich zusammengeflickt.» Er lachte lautlos. «Hatte Angst, ich würde ihnen unter den Händen wegsterben. Macht keinen guten Eindruck, hat er gesagt. Außerdem hatte er wohl auch Fracksausen wegen der Sache mit der armen Davvers.»

«Mrs. Davenport?»

Channing winkte mit der dick verbundenen Hand, und Jarvis beugte sich vor.

«Die Wand ist papierdünn, man kann jedes Wort hören.»

Jarvis nickte.

«An dem Morgen, als sie die Leiche fanden», fuhr Channing in zischelndem Flüsterton fort, «hab ich drüben Anderson mit jemandem reden hören. Erkennen konnte ich die andere Stimme nicht, aber ich denke, es war –»

Sein Blick ging zu der Frau im blauen Overall, die am Fenster stand und so tat, als ob sie keine langen Ohren machte.

«Anderson hatte mächtigen Schiß. Schwerer Alkoholiker, der Mann. Rastet total aus, sobald was nicht nach Plan geht. Jammerte, daß jeden Augenblick die Polizei kommen würde. Und daß man irgendwas loswerden müßte, um jeden Preis. Miss Davis hat ihn wohl gefragt wo, und da hat Anderson irgendwas von einem Heuhaufen gesagt.»

«Heuhaufen?» wiederholte Jarvis.

«‹Dann müssen wir eben dafür sorgen, daß sie nicht mit ihm spricht›, hab ich ihn sagen hören und dann: ‹Keine Angst, das mach ich schon. Sind doch sowieso alles Deppen, diese Typen von der Kriminalpolizei.› Dazu hat er gelacht.»

Erschöpft legte sich der Alte zurück. Jarvis stand auf. «Vielen Dank.»

Er deutete auf die Fesseln für die Hand- und Fußgelenke.

«Die sind wohl nicht mehr nötig», sagte er zu Miss Davis.

Sie zuckte die Schultern. «Wenn er verspricht, brav zu sein... Wirst du brav sein, George?»

Jarvis nahm sie beim Arm und zog sie zur Tür. «Bestimmt», sagte er.

«Was hat er Ihnen denn erzählt?» wollte Miss Davis wissen, als sie draußen waren.

Jarvis hob gleichmütig die Schultern.

«Nichts Besonderes. Dies und das. Sie wissen ja, wie die Leute reden.»

Das könnte er sein, dachte er, als sie zur Treppe gingen. Der Fall, von dem er immer geträumt hatte. Mit dem er ins Fernsehen kommen und einem dieser Trenchcoat-Reportertypen bereitwillig Rede und Antwort stehen würde. Er sah sich die Zeitung aufschlagen, sah die Schlagzeile: HÖLLE IM ALTERSHEIM – Exklusivfotos und Interview mit Detective Chief Superintendent ‹Accrington› Stanley Jarvis... Doch einen Lidschlag weiter hatte diese schöne Story ebensowenig Hand und Fuß wie die tiefsinnigen Verlautbarungen, die Tomkins nach der fünften Flasche Budweiser oder Schlitz von sich zu geben pflegte.

Laß die Finger davon, Stan, rief er sich zur Ordnung. Wenn du dich zu weit aus dem Fenster lehnst, fliegt dir die Kiste um die Ohren, und dann siehst du ganz schön alt aus. Bei dieser Miss Davis konnte man ja mit ein bißchen Schmus vielleicht noch was erreichen, aber der Bruder war ein anderes Kaliber und hatte obendrein noch gute Beziehungen. Mit ein paar aufgeschnappten Bemerkungen und den melodramatischen Hirngespinsten der besten Freundin der Toten kriegte man solche Leute nicht klein.

Daß Rosemary Travis ihre Freundin vergiftet hatte, glaubte Jarvis jetzt selbst nicht mehr so recht. Andererseits konnte man, wenn man mit unbeschädigtem Ruf das Rentenalter erreichen wollte, so eine Frau auch nicht als Zeugin der Anklage vorzeigen.

Bedauernd ließ er seine Träume von Ruhm und Reichtum fahren. Insgeheim wußte er ja seit jeher, daß er ebensowenig für derlei große Dinge bestimmt war wie der Fußballklub, dessen Namen er trug. Accrington-Fans standen nicht auf Titel und Pokale wie die Typen aus Blackburn oder Burnley, sie wußten – genau wie Jarvis –, wo sie hingehörten.

Von unten kam Andersons aufgeregte Stimme: «Letty! Letty!»

Miss Davis setzte sich in Trab, und Jarvis folgte ihr. Anderson deutete auf die Haustür, die sperrangelweit offenstand.

«Hargreaves ist ausgebrochen!»

Miss Davis kniff die Augen zusammen. «Verdammte alte Kuh! Na, die kann was erleben...»

Anderson lächelte versöhnlich. «Sehen Sie ihr bitte die Entgleisung nach, Inspector. Kleine häusliche Krisen kommen in den besten Familien vor!»

Als er sich wieder seiner Schwester zuwandte, lächelte er nicht mehr.

«Du nimmst die Nordseite, ich suche auf der Koppel. Weit kann sie nicht sein.»

Die Haustür schlug zu, Schritte knirschten über den Kies.

Jarvis blieb vor dem Spiegel an der Treppe stehen. Ausgesprochen telegene Erscheinung, dachte er betrübt. Seriös und solide, pflichtbewußt, eher langweilig – mit einem Wort: vertrauenerweckend. Dieser Jarvis ist in Ordnung, hätten die Leute gesagt. Von der Sorte müßte es mehr bei der Polizei geben.

«Wir sind bereit, Inspector.»

Er fuhr herum. Rosemary Travis stand unter einer geöffneten Tür.

«Bitte folgen Sie mir», sagte sie.

Jarvis betrat den Salon. Die anderen Heimbewohner waren alle an ihrem gewohnten Platz: Weatherby saß am Kamin und las die *Times*. Charles Symes und Grace Lebon beugten sich über ein Puzzle, Samuel Rossiter brabbelte ins Telefon, Belinda Scott ließ die Finger über die Tasten des Flügels gleiten, Purvey döste, ein Buch in der Hand, vor sich hin.

«So sind wir denn», sagte Rosemary munter, «im Salon des abgelegenen Landhauses versammelt, um uns den bohrenden Fragen des Detektivs zu stellen. Einer von uns ist schuldig geworden – aber wer? Wird es dem großen Mann gelingen, den Mörder zu entlarven, ehe er wieder zuschlägt?»

Sieben Gesichter waren erwartungsvoll Jarvis zugewandt.

«Ja also...» sagte er und fuhr sich mit der Zunge über die Lippen.

«Die Sache ist die...» Er sah zu der Marmoruhr auf dem Kaminsims hinüber. Die Zeiger standen auf zehn nach vier.

«Ich möchte Ihnen allen ein paar Fragen stellen», sagte er und deutete auf die hagere Frau am Flügel, deren welker Körper entschwundene Schönheit ahnen ließ wie die Puppe eines Schmetterlings – gleichsam ein Leben im Rückwärtsgang.

«Dann fange ich mal gleich mit Ihnen an», verkündete Stanley Jarvis gebieterisch.

10

Als Anderson etwa zwanzig Minuten später wieder in die Halle kam, hatte Jarvis die Aussagen aller Heimbewohner aufgenommen – bis auf die der flüchtigen Mrs. Hargreaves. Mit Ausnahme von Alfred Purvey, dem entschieden mehr als nur eine Tasse im Schrank fehlte, waren sie weit weniger daneben, als Jarvis befürchtet hatte. Leider war es ausgerechnet Purvey gewesen, der ihm die einzige brauchbare Information geliefert hatte, und weil sie von ihm kam, war sie als Beweismittel praktisch wertlos.

In aller Wirrnis und Verfinsterung seines Gemüts achtete Purvey doch sehr darauf, in den Lebensbereichen, die er selbst im Griff hatte, nichts dem Zufall zu überlassen. Zu diesen Bereichen gehörten vor allem seine «Spritzen». Das streng geregelte Ritual der regelmäßigen Insulininjektionen war ein Stück Gewißheit, das nicht nur sein Körper, sondern auch seine Seele und sein Verstand zum Überleben brauchten, und deshalb war er in allem, was damit zusammenhing, ausgesprochen pingelig. Andererseits war er fest davon überzeugt, daß er nur dank der Gutmütigkeit seiner «Gastgeber» im Heim «Abendsonne» geduldet wurde, und mochte daher eigentlich kein Aufhebens um eine Kleinigkeit machen – daß nämlich irgendwann in der vorigen Woche eine seiner Spritzen abhanden gekommen war.

Wenn diese Aussage stimmte, war damit das schwerwiegendste Argument gegen Rosemary Travis' Mordtheorie beseitigt – ein Argument, das sie trotz ihrer profunden Kenntnisse von Kriminalromanen offenbar völlig übersehen hatte.

Hätte Dorothy Davenport nicht die Absicht gehabt, Selbstmord zu begehen, hätte sie keine Überdosis ihres Schmerzmittels genommen. Eine solche Überdosis wäre selbst in Verbindung mit Alkohol und Schlaftabletten nicht tödlich gewesen, hätte sie aber in Tiefschlaf und einen potentiellen Mörder in die Lage versetzt, seinem Opfer in aller Ruhe die Menge an Morphium zu injizieren, die man bei der Obduktion gefunden hatte. Dabei hätte er auch nicht die Entdeckung der Einstichstelle durch einen scharfblickenden Pathologen zu fürchten brauchen. Aus Dorothy Davenports Krankenblatt ging hervor, daß sie im Verlauf der in den letzten Wochen vorgenommenen Untersuchungen mehrere Injektionen bekommen hatte.

Theoretisch machten deshalb Purveys Aussage und die Plastikhülle der Einwegspritze, die Jarvis vor dem Bett des Opfers gefunden hatte, den Weg für eine umfassende Mordermittlung frei. Theoretisch, wohlgemerkt, denn in der Praxis sah es so aus, daß Alfred Purveys Aussagen nicht den geringsten Eindruck auf Jarvis' Vorgesetzte, geschweige denn auf die Geschworenen gemacht hätten. Wenn Jarvis sich Purvey im Kreuzverhör eines sarkastischen Anklagevertreters vorstellte, liefen ihm kalte Schauer über den Rücken. Von einem der Wirklichkeit so sehr entfremdeten Zeugen waren zuverlässige Angaben kaum zu erwarten. Im Gegenteil, je sicherer Alfred Purvey seiner Sache war, desto zweifelhafter mußte Dritten der Wahrheitsgehalt seiner Aussage erscheinen.

Besonders ärgerlich war das deshalb, weil Purvey nicht

nur den Verlust seiner Injektionsspritze bemerkt, sondern auch die Person gesehen hatte, die sie ihm entwendet hatte.

«Zuerst dachte ich, daß ich das alles nur träume.» Purvey lächelte schüchtern. «Die Tür stand weit offen. Allerdings mache ich sie nie ganz zu, man will schließlich nicht für unhöflich gehalten werden...»

«Weiter bitte», sagte Jarvis rasch, um zu verhindern, daß die ihm sattsam bekannte Litanei wieder von vorn anfing.

«Die Vorhänge waren noch vorgezogen, und da mein Zimmer auf der Westseite liegt, ist es dort morgens ziemlich dunkel. Ich will mich keinesfalls beklagen, es ist sehr freundlich, daß man mich überhaupt hierbehält...»

«Weiter bitte.»

«Und da sah ich eine Frau im Zimmer herumgehen. In dem schlechten Licht und weil ich noch ziemlich schlaftrunken war, konnte ich nicht erkennen, wer da bei mir eingedrungen war... was heißt eingedrungen, der Ausdruck ist in diesem Zusammenhang ganz fehl am Platz, er würde ja implizieren, daß –»

«Weiter bitte!»

«Dann bin ich wohl wieder eingeschlafen, denn als ich aufwachte, war das Zimmer leer und die Tür angelehnt. Ich stand auf und stellte fest, daß aus der Schachtel auf meiner Kommode eine Einwegspritze fehlte.» Die wiederholten Hinweise auf Schlafen und Träumen machten Purveys Aussage nicht gerade glaubwürdiger. Dazu kam, daß er sich trotz aller Mühe nicht erinnern konnte, an welchem Tag sich dieser Vorfall abgespielt hatte. Seine nächste Frage stellte Jarvis deshalb eigentlich nur noch der Form halber.

«Sie wissen also nicht, wer Ihnen die Spritze entwendet hat?»

«Doch, natürlich», erwiderte Purvey ein wenig verwundert. «Das war Miss Davis.»

Es dauerte eine Weile, bis Jarvis sich wieder gefaßt hatte.

«Woher wissen Sie das?» fragte er dann so beiläufig wie möglich.

«Ich habe sie an ihrem ... ihrem Geruch erkannt.»

«Ihrem Geruch?» wiederholte Jarvis.

«Dem Geruch nach alkoholischen Getränken», erläuterte Purvey.

Jarvis sah ihn groß an. Purvey blinzelte freundlich.

«Ein überzeugter Abstinenzler reagiert auf diese abstoßende Duftnote ausgesprochen allergisch», erläuterte er. «Bei der bewußten Person handelte es sich, wie gesagt, um eine Frau, und von den anderen Gästen hat niemand Zugang zu Alkohol. Das soll beileibe keine Kritik an Menschen sein, die mich so überaus freundlich aufgenommen haben –»

«Ach, hier stecken Sie, Inspector!» Anderson stand unter der Tür. «Hoffentlich haben meine Schützlinge Ihre Geduld nicht auf eine allzu harte Probe gestellt.»

Er warf Rosemary einen scharfen Blick zu. «Ich nehme an, diese glorreiche Idee stammt von Ihnen, Miss Travis?»

Jarvis stand auf.

«Nein, von mir», sagte er barsch. «Selbst wir Deppen von der Kriminalpolizei haben hin und wieder lichte Momente.»

Statt auf diesen Ausspruch, der ja ursprünglich von ihm stammte, mit irgendeiner Bemerkung einzugehen, zuckte Anderson gleichmütig die Schultern.

«Gewiß doch, Inspector. Allerdings meinte ich damit eigentlich Mrs. Hargreaves Fluchtversuch.»

«Wo ist sie?» fragte Rosemary.

«Ich will Sie nicht weiter aufhalten, Inspector», sagte Anderson. «Sie haben heute sicher noch anderes zu tun.»

Rosemary drängte sich zwischen die beiden Männer.

«Wo ist Mavis?» wiederholte sie. «Wie geht es ihr?»

Anderson musterte sie kalt. «Meine Schwester hat sich

ihrer angenommen, Miss Travis. Es geht ihr – hm – den Umständen entsprechend.»

Damit drehte er ihr den Rücken und brachte Jarvis zur Tür.

«Es war im Grunde meine Schuld. Ich hätte wieder abschließen müssen, nachdem ich Sie hereingelassen hatte», sagte er leise. «Normalerweise ist bei uns alles fest verrammelt, um zu verhindern, daß einer unserer Schützlinge unbedacht das Weite sucht und in der großen weiten Welt zu Schaden kommt. Im letzten Jahr ist der alte Weatherby in einen Graben gefallen und mußte sechs Wochen in Gips liegen. Unbeschreiblich, was wir dadurch an Umständen hatten! Früher fand sich noch hier und da ein unbedarftes Mädchen vom Land, das wir auf unsere Alten loslassen konnten, aber heutzutage muß man ja sogar für solche Leute Mindestlöhne, Sozialversicherung und eine Woche Urlaub auf Teneriffa zahlen.»

«Wo haben Sie Mavis gefunden?»

«Letitia hat sie in der Blutbuche auf dem östlichen Rasen aufgespürt.»

«Sie brauchten diesmal also nicht den Hund loszulassen?»

Anderson sah den Inspector scharf an. «Man hat Ihnen demnach die Geschichte von Channing erzählt…» Seufzend schüttelte er den Kopf. «Ein typisches Beispiel dafür, wie persönlich sie alles auffassen. Was hier den lieben langen Tag drauflosgefaselt wird, klingt bisweilen geradezu dramatisch, wenn man sich nicht darauf versteht, es zu dekodieren. Nehmen Sie Symes. Wegen seines Analtumors leidet er an Inkontinenz, was nicht nur für ihn, sondern auch für seine Umgebung recht unangenehm ist. Er ist für eine Operation vorgemerkt, aber da die Warteliste lang ist, müssen wir inzwischen versuchen, so gut wie möglich mit dem

Schmutz und dem Gestank zu leben. Statt das dankbar anzuerkennen, wirft Mr. Symes meiner Schwester vor, sie habe ihm das Rektum mit einem rotglühenden Schürhaken ausgebrannt. Genau wie Miss Travis sucht er für seine Leiden die Schuld bei Einzelpersonen und nicht bei den vielfältigen Mißständen im Gesundheitswesen und dem Wirken eines Schicksals, dem menschliches Elend völlig einerlei ist.»

Er führte Jarvis in die Halle.

«Channing ist an seinem Unglück selber schuld. Der Mann ist ein zwanghafter Ausbrecher. Seit ihm im Zweiten Weltkrieg die Flucht aus einem Kriegsgefangenenlager gelang, brüstet er sich seitdem unentwegt mit dieser Heldentat. Letzte Woche wollte er uns unbedingt zeigen, daß er noch nichts verlernt hat. Leider suchte er sich dazu einen Moment aus, in dem mein Hund sich gerade im Garten die Pfoten vertrat. Dummerweise scheinen Eskapaden dieser Art ansteckend zu sein. Jetzt wollen alle mal das Ausbrechen probieren.»

Er schloß die Haustür auf.

«Ich würde Sie ja gern zum Mittagessen einladen, Inspector, aber... Letitias Essen ist zwar nicht ohne Nährwert, doch für Gäste wohl weniger geeignet. Bitte grüßen Sie mir den Chief Constable, falls Sie ihn sehen. Wir haben uns vor... ja, vor etwa drei Jahren bei einem Wohltätigkeitsdinner kennengelernt.»

«Sie haben noch nicht mit Mrs. Hargreaves gesprochen», sagte jemand hinter ihnen.

«Sie gehen sofort wieder in den Salon, Miss Travis», sagte Anderson streng, ohne sich umzusehen.

Rosemary packte Jarvis am Mantel.

«Sie müssen mit Mavis Hargreaves sprechen.»

«Die ihm nichts anderes wird sagen können als das, was

er schon fünfzigmal von den anderen gehört hat», fertigte Anderson sie ab.

Rosemary sah Jarvis an.

«Wenn Sie jetzt gehen, werde ich als Nächste sterben», sagte sie. «Hoffentlich ermitteln Sie dann gründlicher.»

Ihr fester, bestimmter Ton machte Eindruck auf Jarvis. Er hatte genug Erfahrung mit Lügengeschichten, um zu wissen, daß Rosemary Travis die Wahrheit sagte – oder das, was sie für die Wahrheit hielt.

«Mrs. Hargreaves ist zur Zeit nicht in der Lage, Gespräche zu führen», erklärte Anderson.

«Was haben Sie mit ihr gemacht?» stieß Rosemary hervor. «Ich will sie sehen!»

«Keine Sorge», sagte Jarvis beschwichtigend. «Ich kümmere mich gleich mal um sie und höre mir an, was sie zu sagen hat.»

Er wandte sich an Anderson. «Wo ist Mrs. Hargreaves?»

Der schüttelte den Kopf. «Letty gibt gerade Salbe auf die Quetschungen, die unsere Ausbrecherin sich bei ihrem Abenteuer zugezogen hat. Wenn Sie wünschen, bringe ich Ihnen Mrs. Hargreaves. Bitte warten Sie in meinem Büro.»

Geflissentlich Rosemary Travis' Blick ausweichend, ging Jarvis quer durch die Halle wieder in das mit Büchern vollgestopfte kleine Zimmer. Er war bereit, in dieser Sache Rosemary gegen Anderson den Rücken zu stärken, aber mehr konnte er nicht tun. Ein vom Nebenzimmer aus belauschtes Gespräch, ein Stück Plastikverpackung, eine verschwommen wahrgenommene oder auch nur geträumte weibliche Gestalt – das waren durchaus annehmbare Indizien, aber ohne wenigstens einen hieb- und stichfesten Beweis nützten sie ihm überhaupt nichts. Und woher sollte der kommen? Bestimmt nicht von Mrs. Hargreaves. Als gestandener Mann glaubte er nicht an Wunder. Nur damals, als er sich mit fünfzehn oder sechzehn den Pokalsieg für Accrington erträumt hatte, war schon ein bißchen Wundergläubigkeit im Spiel gewesen.

Weiter als bis zur dritten Ausscheidungsrunde war der Klub nie gekommen, aber Stanley hatte von einem Jahr zum anderen die Hoffnung nicht aufgegeben. Das Faszinierende war ja, daß es bei Pokalspielen nicht auf frühere Erfolge oder die derzeitige Form ankam, sondern einzig und allein auf das, was an dem alles entscheidenden Spieltag passierte. Praktisch entschieden darüber natürlich vor allem Können und Erfahrung der Spieler, was wiederum von der finanziellen Situation des Vereins abhing, und für die war entscheidend, ob er dank früherer Erfolge reichlich hatte abkassieren können. So spiegelten die Kämpfe um den Cup getreulich die Verhältnisse in der britischen Gesellschaft wider. Theoretisch bekamen hier wie da alle Tüchtigen ihre Chance, in der Praxis aber herrschten einige wenige etablierte Cliquen, die zunächst in einem angeblich fairen offenen Kampf ihre natürliche Überlegenheit bewiesen, um diese dann hemmungslos für ihre Ziele auszuschlachten.

Diese Überlegung hatte Stanleys Tagträume noch zusätzlich beflügelt. Wenn er sich das Accrington-Team im Endspiel vorstellte, beim Einlauf in das ehrfurchtgebietende Rund des Wembley-Stadions, sah er seine Mannschaft im Kampf gegen eben jene Kräfte, von denen das Leben seines Vaters und seiner Freunde und Bekannten beherrscht wurde. Ihre Gegenspieler trugen, wie es ihrem symbolischen Status zukam, die verschiedensten Orden und Ehrenzeichen und traten unter allen möglichen Namen auf, bis Stanley eines Tages hörte, was sein Vater über eine Bekannte sagte (wie sich später herausstellte, war es eben jene Frau, mit der er sich später zusammentat). «Führt sich auf wie eine verdammte Chelsea-Debütantin», hatte er gehöhnt, und von Stund an traten in Stanleys Phantasie nicht mehr Manchester United oder Liverpool, sondern die großkotzigen «Blauen» gegen die «Roten» zur entscheidenden Schlacht an, das mächtige Chelsea aus der Ersten Liga gegen das bescheidene, irgendwo im unteren Drittel der Dritten Liga herumkrebsende Accrington. Man hätte es den Jungs im Grunde nicht übelgenommen, wenn sie ihre Niederlage von vornherein eingestanden und für das Fahrgeld zum Endspiel lieber einen anständigen Stürmer für die nächste Spielzeit eingekauft hätten.

In der ersten Halbzeit deutete denn auch nichts auf außergewöhnliche Ereignisse hin. Beim Abpfiff stand es zwei zu null für Chelsea. Accrington hatte es ihnen so leicht gemacht, daß der große Gegner gut und gern doppelt so viele Tore hätte kassieren können. In der zweiten Halbzeit aber kam es dann zu einer dramatischen Wende.

Es begann damit, daß der Ausputzer von Chelsea durch einen Fehlpaß ein Eigentor verschuldete. Doch die Londoner Mannschaft fing sich rasch wieder und versenkte prompt den Ball im gegnerischen Netz. Der Schiedsrichter entschied auf Abseits, was das Chelsea-Team so verunsicherte, daß zwei Spieler sich eine gelbe Karte einhandelten. Als einer seinem Frust Luft machte, indem er seinen Gegenspieler umsäbelte, wurde er vom Platz geschickt, und Stanleys Mittelstürmer erzielte den Ausgleich. Doch auch mit zehn Mann waren die Blauen noch gefährlich genug, und nach der ersten Hälfte der Verlängerung hatte Accrington das entscheidende Tor noch nicht erzielt, ja, mehr noch, nicht weniger als dreimal war der Ball des Gegners nur knapp an ihrem Tor vorbeigegangen. Noch fünf Minuten bis zum Abpfiff. Fünf Minuten blieben Accrington, den ersehnten Sieg zu erringen, der dem Verein einen Platz in den Annalen des Fußballsports sichern würde...

«So, da wären wir, Inspector.»

Jarvis fuhr zusammen. Im ersten Moment dachte er, Rosemary Travis sei noch einmal zurückgekommen, um ihn mit einer neuen genialen Theorie zu nerven, aber als er sich umdrehte, stellte er fest, daß hinter ihm Mr. Anderson stand. Er hatte eine füllige ältere Frau in auffällig bedrucktem buntem Kleid mitgebracht, die mit einer hellblonden Haarsträhne spielte, während sie Jarvis etwas geistesabwesend betrachtete.

«Ziemlich schwüle Atmosphäre hier», stellte sie im Gesprächston fest, während sie auf ihn zuwatschelte. Ihre rechte Gesichtshälfte war verschwollen und verfärbt. Jarvis machte große Augen. Klagen in dieser Richtung hatte er von den anderen nicht gehört.

Aber dann stellte er erleichtert fest, daß er offenbar auf dem falschen Dampfer gewesen war: Sie hatte nur das Wetter gemeint.

«Ich bin gern an der frischen Luft. Schon deshalb hat es sich gelohnt, mal wieder rauszukommen.»

Noch so eine Bekloppte, dachte Jarvis, und das letzte Fünkchen Hoffnung in seinem Herzen erstarb. Der Schiedsrichter hatte nachspielen lassen und sah jetzt auf die Uhr. Nur Sekunden blieben Accrington, um aus dem Kampf bis aufs Messer doch noch als Sieger hervorzugehen.

«Ich habe alle Heimbewohner nach dem Abend befragt, an dem Mrs. Davenport starb.» Jarvis mußte sich zwingen, bei der Sache zu bleiben. «Sie haben nicht zufällig irgend etwas Ungewöhnliches bemerkt?»

Mavis Hargreaves sah ihn mit stumpfsinnigem Lächeln an.

«Etwas, das anders war als sonst», erläuterte Jarvis geduldig. «Und wenn es auch nur eine scheinbar unbedeutende Kleinigkeit wäre...»

«Nur die Sache mit dem Kakao.»

Jarvis gab es einen Ruck. «Kakao?»

Mrs. Hargreaves lachte verlegen.

«Ich war drauf und dran, mir den falschen Becher zu schnappen», sagte sie. «Stellen Sie sich das mal vor! Ich nehme immer den pinkfarbenen, aber an dem Abend habe ich ganz automatisch nach dem dunkelblauen gegriffen, den sonst immer Dorothy hat. Wahrscheinlich, weil ich wußte, daß sie am nächsten Morgen ins Krankenhaus sollte, das hat mich wohl durcheinandergebracht. Zum Glück ist Miss Davis noch rechtzeitig dazwischengegangen. ‹Nicht den da›, hat sie gesagt, ‹das ist eine besondere Überraschung für unsere Dorothy. Es ist eine Extraportion Zucker drin, um ihr den Abschied zu versüßen.›»

«Gehirnerschütterung», flüsterte Anderson dem Inspector zu. «Klarer Fall... Ganz so daneben ist sie sonst nämlich nicht. Am besten lasse ich den Arzt kommen.»

Miss Hargreaves klimperte verschämt mit den Wimpern. «Es war verlockend, das muß ich zugeben. Ich bin ganz wild auf Zuckerzeug, Inspector, schon von klein auf. Als Kind mußte ich immer irgendwas lutschen, ich habe einen furchtbaren Süßhunger, Tag und Nacht, und ich muß gestehen, daß ich mich abends, als ich mit den anderen bei Dorothy war, sehr ungehörig benommen habe. Ich habe einen Schluck von Dorothys Kakao getrunken. Einen ziemlich großen Schluck sogar.»

Sie lächelte Jarvis an. Der verzog keine Miene. Die Zeit stand still. In dem großen Rund des Stadions hörte man keinen Laut. Dem Schiedsrichter, der schon zum Abpfiff angesetzt hatte, stockte der Atem. Zielsicher, traumgleich bewegte sich der Ball durch die dumpfe Luft...

«Aber wie heißt es so schön? Verbrechen zahlt sich nicht aus», fuhr Mrs. Hargreaves munter fort. «Miss Davis hatte mich wohl nur veralbern wollen. In dem Kakao war tatsächlich eine Menge Zucker, aber er schmeckte trotzdem bitter, irgendwie nach Chemie. Ganz merkwürdig.»

...hoffnungslos flach, hoffnungslos unerreichbar, aber gleich würde er jenen verirrten Schlenker machen, mit dem er dem Mittelstürmer von Accrington vor die Füße geriet und –

«– und wie es an dem Abend dann weiterging, darüber kann ich Ihnen leider nichts sagen, denn ich habe fest geschlafen», schloß Mavis Hargreaves und hob ein wenig verlegen die Schultern. «Meist leide ich an quälender Schlaflosigkeit, aber in jener Nacht war ich sofort weg. Als ich aufwachte, war es heller Tag, alle anderen waren schon längst auf.»

Sie legte die Hand vor den Mund.

«Bis auf die arme Dorothy natürlich.»

– ein Tumult ohnegleichen unter den Zuschauern ausbrach. Dann kam der Abpfiff. Das dramatischste Match, das der geheiligte Rasen von Wembley je erlebt hatte, war zu Ende. Weinend lagen sich die Fans der gegnerischen Mannschaften in den Armen und vergaßen ihre Rivalität angesichts der erstaunlichen Tatsache, daß noch immer Wunder geschehen können, daß noch immer alles möglich ist auf dieser Erde.

«Besten Dank», sagte Jarvis und wandte sich mit amtlichstrengem Gesicht an Anderson.

«Wenn Sie mich einen Augenblick entschuldigen würden, Sir... Ich gehe mal eben zu meinem Wagen und setze mich über Funk mit dem Präsidium in Verbindung. Und dann würde ich gern ein Gespräch mit Ihnen und Ihrer Schwester führen.»

DRITTER TEIL

11

Rosemary bohrte den Zeigefinger der linken Hand in die weiche Erde und zog ihn mit einem Trauerrand unter dem Nagel wieder heraus. Sie riß das bunte Tütchen auf, das sie in der anderen Hand hielt, und schüttete ein Häufchen kleiner schwarzer Körner in ihre Handfläche.

«So, jetzt weißt du, woher sie kommen», sagte sie mit leiser Bitterkeit in der Stimme. «Aus einer Samentüte von Suttons zu 75 Pence das Stück.»

Über die baumbestandene Auffahrt näherte sich ein Wagen. Knirschend rollte er über den unkrautdurchwucherten Kiesplatz vor dem Haus und kam vor dem Eingang zum Stehen. Zwei Männer stiegen aus und sahen sich um.

Rosemary wischte sich mit dem Ärmel die Tränen von den Wangen. Dann beugte sie sich über das Blumenbeet, legte die Samen einzeln in ihr flaches Grab und strich die Erde darüber glatt.

«Hallo, wie geht's?»

Auf der andren Seite des Beetes stand Detective Chief Inspector Stanley Jarvis und sah Rosemary an. Sein Begleiter, ein Kaugummi mampfender jüngerer Mann mit dunkler Brille, war beim Wagen geblieben.

«Guten Tag, Inspector», erwiderte Rosemary.

«Sie sind beim Gärtnern?»

«Ich hab nur ein bißchen was gesät.»

«Sind Sie da nicht ein bißchen spät dran?»

Rosemary gab keine Antwort. Jarvis trat neben sie und nahm ihr das Samentütchen aus der Hand.

«Klatschmohn», las er erstaunt. «Hab nie gewußt, daß man den säen muß. So was Gewöhnliches, hab ich immer gedacht, kommt ganz von selbst.»

«Ja, an sich wächst er wild, aber manchmal muß man eben der Natur ein bißchen unter die Arme greifen.»

Sie nahm Jarvis die Samentüte wieder ab und begann den Rest der schwarzen Körnchen zu verteilen.

«Das ist so ähnlich wie beim Spurenlegen in einem Kriminalroman», sagte sie nachdenklich. «Ein bißchen künstlich, aber was dabei herauskommt, ist einfach viel reizvoller als das trübselige Einerlei an Straftaten, von dem man immer in der Zeitung liest.»

Jarvis schnitt ein Gesicht. «Na, ich weiß nicht... Können Sie mir sagen, wo Mrs. Hargreaves ist? Wir sind gekommen, um ihre Aussage zu Protokoll zu nehmen.»

«Im Haus, glaube ich. Gehen Sie ruhig über die Terrassentür hinein, bestimmt hat niemand was dagegen, und es ist der kürzere Weg.»

Jarvis nickte. «Machen wir. Tomkins!»

Die beiden Kriminalbeamten gingen aufs Haus zu. Rosemary drehte das Tütchen um und ließ die letzten Samen verwehen.

«Jetzt müßt ihr allein sehen, wie ihr zurechtkommt», sagte sie halblaut. «Ich hab mich genug eingemischt.»

Sie winkte Jack Weatherby, der hinter den Rhododendren am Crocketrasen aufgetaucht war. Er rief etwas, was Rosemary nicht ganz verstand.

«Ja, nicht wahr?» rief sie vergnügt zurück.

Behaglich lächelnd ging Weatherby weiter. Mit seinem Strohhut und dem Leinenanzug aus dem Koffer, den er auf dem Dachboden wiederentdeckt hatte, sah er aus wie der jüngere Mann des Mannes, der stumpfsinnig in seinem Sessel am Kamin vor sich hingedämmert hatte, bis es Zeit war, zu Bett zu gehen. Auch mit den anderen Bewohnern des Heims «Abendsonne» waren auffällige Veränderungen vorgegangen. Erst jetzt begriff Rosemary, wie sehr sie schon resigniert hatte. Sie hatte sich damit abgefunden, daß ihrer aller Zustand die unvermeidliche Folge des Alterns war und daß man von all diesen Menschen, die praktisch nur noch den Tod vor Augen hatten, eben nichts anderes erwarten durfte. Gesunde Ernährung aber, Bewegung in frischer Luft und Kontakte mit der Familie und der Außenwelt hatten in kurzer Zeit wahre Wunder gewirkt.

Ganz reibungslos war die Umstellung natürlich nicht abgelaufen. Purvey hatte einen Nervenzusammenbruch erlitten, weil er meinte, die «neuen Besitzer» würden ihn vor die Tür setzen, und war noch immer in ärztlicher Behandlung. Charles Symes lag im Krankenhaus, doch war das eher positiv zu werten. Dank des Medienrummels um das Heim «Abendsonne» hatte er plötzlich mühelos einen Operationstermin bekommen. Selbst Rosemary litt nach dem jähen Zusammenbruch des Systems, das so lange ihr Leben beherrscht hatte, hin und wieder unter leichten Beklemmungen. Schlimm war der Tag gewesen, an dem sich die Fenster des Salons plötzlich wieder ohne Plastikfolie präsentiert hatten. Grace Lebon und Samuel Rossiter hatten diese einschneidende Veränderung nicht ohne starke Beruhigungsmittel verkraftet. Ausgesprochen traurig war es um Belinda Scott bestellt; sie hatte versucht, die anderen zu passivem Widerstand gegen die Reformen im Heim «Abendsonne» aufzurufen und war, als sie damit nicht durchkam, in den Hungerstreik getreten. Ihren Mitbewohnern hatte sie schnöden Verrat an Mr. Anderson und Miss Davis vorgeworfen und für den Fall der Rückkehr dieser beiden furchtbare Rache geschworen.

Daß es dazu kommen würde, war allerdings recht unwahrscheinlich. Die Anklage, unter der man die Geschwister in der vorigen Woche verhaftet hatte – vorsätzliche Mißhandlung und grobe Pflichtversäumnis gegenüber Abhängigen – war durch die Aussagen der Heimbewohner wie auch durch die Ergebnisse der medizinischen Gutachten untermauert worden. Als sich dann noch herausstellte, daß eine inzwischen verstorbene Heimbewohnerin, eine gewisse Hilary Bryant, ihr Testament zugunsten der Andersons geändert hatte und andere wegen einer Testamentsänderung unter Druck gesetzt worden waren, sah es schlecht aus für die beiden. Selbst wenn ein Wunder geschah und sie nicht im Gefängnis landeten – in der Altenpflege hatten sie keine Chance mehr.

Bis auf weiteres hatte man das Heim «Abendsonne» den zuständigen staatlichen Stellen unterstellt. Zufällig war in einem Krankenhaus der Grafschaft gerade die Geriatrie geschlossen worden. Das freigestellte Personal zog nun im Heim «Abendsonne» ein. Liebevolle Zuwendung und ermutigender Zuspruch der neuen Pflegekräfte bauten erstaunlich schnell die Wahnvorstellungen und die dumpfe Sprachlosigkeit ab, in die sich die alten Leute vor dem Elend im Heim geflüchtet hatten; ebenso wichtig aber waren die Briefe, Anrufe und Besuche von Freunden und Verwandten, die mit großer Betroffenheit zur Kenntnis nahmen, was sich hinter der vornehmen Fassade abgespielt hatte, und immerhin anständig genug waren, sich zu schämen, weil sie sich nicht genug um die alten Leutchen gekümmert hatten.

Auf dem Dachboden hatte das neue Pflegepersonal über

zwanzig Müllsäcke mit Post gefunden, die von den Andersons unterschlagen worden war, um das Gefühl der Abhängigkeit und des Abgeschlossenseins bei den Heimbewohnern noch zu verstärken. Alle Briefe, die das Heim «Abendsonne» verließen, waren durch die Zensur der Andersons gegangen, die Hinweise auf die Zustände im Heim kurzerhand herausstrichen. Das, was an harmlosen Belanglosigkeiten übrigblieb, überzeugte die Empfänger davon, daß es ihren angeblich heißgeliebten, meist aber als recht lästig empfundenen betagten Anverwandten den Umständen entsprechend gutging und daß Anrufe und Besuche alle Beteiligten nur unnötig aufgeregt hätten. In den seltenen Fällen, in denen sich doch einmal Angehörige zu einem persönlichen Besuch aufrafften, fanden sie stumpf vor sich hinbrütende alte Menschen vor, denn dank des willfährigen Dr. Morel waren die Andersons mit starken Mitteln zur Ruhigstellung ihrer Schützlinge stets reichlich versorgt.

Rosemary ging über den Rasen zu der Bank am Rand des Steingartens, setzte sich und tastete in der Rocktasche nach dem Brief, den sie heute bekommen hatte. Statt dessen fiel ihr zunächst ein zerknittertes und angeschmutztes Blatt Papier in die Hand, das auf einer Seite in zittriger Schrift ihren Namen trug. Rasch ließ sie es wieder verschwinden, und nach einigem Suchen hatte sie den Luftpostumschlag mit den großen bunten Briefmarken gefunden, deren Werte in einer unvertrauten Währungseinheit angegeben waren.

Sie las den Brief mehrmals ganz durch, dann rückte sie sich auf der zu einem matten Silberton verwitterten Teakholzbank bequemer zurecht und ließ sich von der Herbstsonne bescheinen. Am Haus mähte ein städtischer Arbeiter den Rasen. Rosemary sah in den dunstigblauen Himmel hoch, über den schmale Stratuswolken zogen. Das kehlige Brummen des Rasenmähers erinnerte sie an die gebrechlichen Doppeldecker aus ihrer Jugend, als das Fliegen noch ein Abenteuer gewesen war. Sie schloß die Augen...

Ein Schatten schob sich zwischen sie und die Sonne. Rosemary sah auf. Vor ihr stand Stanley Jarvis und machte ein böses Gesicht.

«Sie wollen mich wohl aufziehen?» fragte er.

Rosemary sah ihn an und bedachte einen Moment den Sinn seiner Worte. An ihren Bruder mußte sie denken, der mit kleinen Soldaten zum Aufziehen gespielt hatte, ehe er selbst Soldat in einem richtigen Krieg geworden und darin ums Leben gekommen war, und wollte gerade einen kleinen Scherz über Aufziehspielzeug machen, als Jarvis fortfuhr:

«Mrs. Hargreaves ist nicht bereit, die Aussage zu bestätigen, die sie neulich über den Kakao gemacht hat.»

Rosemary streifte Rasenschnitt von ihrem Kleid.

«Wie ärgerlich», sagte sie mitfühlend.

«Kommen Sie mir bloß nicht so», fuhr Jarvis sie an. «Sie begreifen offenbar gar nicht, was hier auf dem Spiel steht, Miss Travis. Letzte Woche hat Mrs. Hargreaves ausgesagt, Miss Davis habe sie daran gehindert, den blauen Becher zu nehmen, weil in dem angeblich besonders viel Zucker war, um Mrs. Davenport den Abschied zu versüßen. Später, in Mrs. Davenports Zimmer, habe sie dann den Kakao gekostet, der habe bitter geschmeckt, irgendwie nach Chemie, und sie habe danach besonders fest und lange geschlafen.»

«Nehmen Sie's mir nicht übel, Inspector, aber –»

«Die Folgerungen liegen auf der Hand. In dem für Mrs. Davenport bestimmten Kakao waren Schlaftabletten, und wenn Mrs. Hargreaves von Miss Davis daran gehindert worden ist, sich den bewußten Becher zu nehmen, muß Miss Davis ihre Gründe dafür gehabt haben. Alles andere ergibt sich dann von selbst. Das mit Curaçao versetzte morphinhaltige Schmerzmittel schläferte Mrs. Davenport ein.

Der Schlafenden wurde dann mit Purveys Einmalspritze, die nach seiner eigenen Aussage Miss Davis hatte mitgehen lassen, die tödliche Dosis Morphium injiziert. Am nächsten Morgen entdeckten Sie die Leiche und schlugen Alarm, und Mr. Channing belauschte ein Gespräch der Andersons, in dem die beiden sich verzweifelt überlegten, wie sie es anstellen sollten, vor Eintreffen meiner Kollegen den Todesfall als Selbstmord hinzutrimmen.»

«Meiner Meinung nach ist Ihr eigentliches Problem, Inspector –»

«Die Glaubwürdigkeit dieses Szenarios steht und fällt mit Mrs. Hargreaves' Aussage, und diese Aussage hat sie soeben widerrufen. Sie hat mir und Tomkins erklärt, an dem bewußten Abend habe sie den gleichen Becher wie sonst auch genommen und wisse gar nicht, wie Mrs. Davenports Kakao schmeckte, weil sie nicht davon getrunken habe. Und geschlafen habe sie in jener Nacht nicht besser und nicht schlechter als sonst auch. Mit anderen Worten: Ihre Geschichte war von Anfang bis zu Ende erstunken und erlogen.»

Jarvis fuchtelte mit dem Zeigefinger vor Rosemarys Nase herum. «Eine Geschichte wohlgemerkt, die nicht auf ihrem Mist gewachsen ist. Mrs. Hargreaves hat gestanden, daß sie von Ihnen dazu angestiftet wurde, mir dieses Märchen zu erzählen.»

Rosemary schenkte ihm einen mitleidigen Blick.

«Die Worte einer Verdächtigen dürfen Sie nicht auf die Goldwaage legen, Inspector.»

«Mrs. Hargreaves ist doch gar keine Verdächtige, verdammt noch mal», fuhr Jarvis auf.

Rosemary nickte ernst. «Eben! Wie ich Ihnen schon mehrmals versuchte klarzumachen, haben Sie von Anfang an den Fall falsch angepackt. Bei Ihrem ersten Besuch waren

Sie fest davon überzeugt, daß Dorothy Selbstmord begangen hatte, und es hielt sehr schwer, Sie von diesem Gedanken abzubringen. Als Sie sich dann endlich dazu durchgerungen hatten, sich von Ihrer Theorie zu trennen, hatten Sie nichts Eiligeres zu tun, als eine neue aufzustellen, daß nämlich die Andersons den Mord begangen hätten. Diese Tunnelsicht hinderte Sie nicht nur daran, den Fall so aufgeschlossen und objektiv zu sehen, wie sich das für einen Kriminalbeamten gehört, sondern gab dem wahren Täter die Möglichkeit, Nutzen aus der Situation zu ziehen.»

Jarvis musterte sie halb mißtrauisch, halb neugierig. «Und was soll das nun wieder bedeuten?»

«Ist Ihnen wirklich noch nicht die Idee gekommen, daß es für Mrs. Hargreaves' jetzt zurückgezogene Aussage noch eine andere Erklärung geben könnte?»

«Sie meinen...», setzte Jarvis zögernd an.

«Ich meine, mein lieber Inspector, daß sie damit den Verdacht von sich ablenken wollte.»

Jarvis guckte verbiestert. «Aber ich habe sie doch überhaupt nicht in Verdacht. Nicht eine Sekunde habe ich sie in Verdacht gehabt.»

Rosemary seufzte.

«Das glaube ich Ihnen gern», sagte sie beschwichtigend, «aber wer Sie nicht so gut kennt wie ich, Mavis Hargreaves zum Beispiel, denkt vielleicht, daß ein Mann in Ihrer Position unmöglich so naiv sein kann. Daß Sie sich vielmehr einen besonders raffinierten Schachzug ausgedacht haben: die Andersons zu verdächtigen, um alle anderen in Sicherheit zu wiegen. Die Kakaogeschichte, von der sie jetzt behauptet, sie stamme ursprünglich von mir, könnte deshalb ein Versuch von Mrs. Hargreaves gewesen sein, eine Spur zu verwischen.»

Rosemary lächelte mit leisem Spott. «Und das ist ihr, wie

Sie mir zugeben müssen, Inspector, nicht schlecht gelungen.»

Jarvis sah sehnsüchtig zu seinem Dienstwagen hinüber. Sein Kollege hatte alle viere von sich gestreckt und nahm, halb auf der Kühlerhaube liegend, ein Sonnenbad. Seine Füße schlugen den Takt zu einer unhörbaren Melodie.

«Woher wußten Sie, daß Tomkins von der Isle of Wight stammt?» fragte er.

«Meine Mutter war aus New Forest, aber ich bin in Ryde aufgewachsen», erläuterte Rosemary. «In der Schule haben mich die Kinder als Ausländerin verspottet, weil ich auf dem Festland zur Welt gekommen war. Ich habe noch ihre höhnischen Stimmen im Ohr. Der Akzent ist unverkennbar.»

Jarvis sah nachdenklich vor sich hin. «In diesem Moment habe ich angefangen, Sie ernst zu nehmen», sagte er halblaut. «Wenn sie das mit Tomkins durchschaut hat, habe ich mir gesagt, kann sie nicht so verkalkt sein, wie dieser Anderson behauptet.»

Er sah eine Weile schweigend ins Grab hinunter. «Trotzdem...» sagte er dann. «Die Hargreaves-Theorie überzeugt mich nicht. Es fängt schon damit an, daß die Frau kein Motiv hat.»

«Wirklich nicht, Inspector? Kurz vor ihrem Tod ließ Dorothy einen Anwalt kommen, sie wollte ihr Testament ändern. Die Andersons machten sich Hoffnungen – unberechtigte Hoffnungen, wie ich meine –, daß Dorothy sie zu ihren Erben einsetzen würde. Hilary Bryant hatte den Fehler gemacht, den Andersons ihr Vermögen zu hinterlassen, weil sie glaubte, sich damit eine bessere Behandlung hier im Heim erkaufen zu können, aber die beiden waren hinterher womöglich noch ekelhafter zu ihr. Wir haben das alle hautnah mitbekommen, natürlich auch Dorothy. Ich glaube deshalb nicht, daß sie sich zu so einem Schritt hätte verleiten lassen, zumal sie wußte, daß sie wahrscheinlich ins Krankenhaus kommen würde. Andererseits ist es in so einer Situation ja durchaus verständlich, daß man seine Angelegenheiten regelt. Und da sie mit Mavis Hargreaves gut befreundet war, mag sie sich gesagt haben, daß ihre Hinterlassenschaft bei Mavis besser aufgehoben wäre als bei ihrer undankbaren Verwandtschaft, die sich ohnehin nicht um sie kümmerte.»

Jarvis' Gesicht erhellte sich. «Natürlich», flüsterte er. «War ich denn blind? Ganz klar, das ist die Lösung!»

Er sah Rosemary scharf an. «Wir fanden diesen Punkt zunächst auch recht vielversprechend, aber als sich herausstellte, daß Mrs. Davenport ihren Besitz Miss Rosemary Travis hinterlassen hat, wurde die Sache für uns uninteressant.»

Rosemary sprang auf. «Nein», stieß sie heiser hervor. «Das ist nicht wahr!»

Jarvis lächelte triumphierend.

«Sie haben Ihre Karten geschickt ausgespielt, Miss Travis, und Sie hätten Ihr Ziel auch beinah erreicht. Mrs. Hargreaves' Kakaogeschichte sollte uns in der Tat in die Irre führen. Nur – die gute Dame hat sie sich nicht selber ausgedacht. Sie war nämlich keine leidenschaftliche Krimileserin, und sie war auch nicht eng mit Dorothy Davenport befreundet. Beides aber trifft auf Sie zu.»

Er zeigte anklagend mit dem Finger auf Rosemary.

«Wer hätte eine bessere Gelegenheit gehabt, das morphinhaltige Schmerzmittel zu vergiften, als die Person, die wenige Stunden vor Mrs. Davenports Tod die Medizinflasche aus deren Zimmer holte? Auf dieser Flasche fanden sich außer den Fingerabdrücken der Toten nur die Ihren, Miss Travis! In dem Kakao waren *Ihre* Schlaftabletten, und Sie haben zugegeben, daß Sie, nachdem die anderen Heimbewohner das Zimmer verlassen hatten und das Licht gelöscht worden war, noch längere Zeit mit dem Opfer allein waren. Sie haben das Zimmer gegenüber von Mr. Purvey, der stets seine Tür offenläßt. Er folgerte, daß die Frau, die seine Spritze entwendete, Miss Davis sein müsse, weil er Alkohol roch. Ebensogut konnte es die Person gewesen sein, die sich gerade eine kleine Menge Curaçao aus Andersons Büro geholt hatte.»

Er trat vor und nahm Rosemarys Arm.

«Ich muß Sie bitten, mich ins Präsidium zu begleiten, Miss Travis, und weise Sie darauf hin, daß alles, was Sie aussagen, als Belastungsmaterial gegen Sie genutzt werden kann.»

12

«Machen Sie sich nicht lächerlich», sagte Rosemary und befreite sich ärgerlich aus seinem Griff.

«Lächerlich? Sie hatten das Motiv, die Möglichkeit und die Gelegenheit. Was will man mehr?»

Rosemary schnaubte verächtlich.

«Dorothy war meine Freundin. In meinem ganzen Leben hat mir kein Mensch nähergestanden. Ich hätte Dot ebensowenig umbringen können wie mein eigenes Kind.»

«Jetzt kommen Sie mir bloß nicht mit Psychologie!» blaffte Jarvis. «Wer die Regeln des Genres beachtet, haben Sie mal zu mir gesagt, allen Hinweisen auf die Spur kommt und die entsprechenden Schlußfolgerungen zieht, müßte normalerweise den Fall lösen können. Das habe ich getan, Miss Travis. Die Spur führt geradewegs zu Ihnen.»

Rosemary lächelte durchtrieben.

«Nur gibt es da einen Hinweis, Inspector, von dem ich Ihnen noch nichts erzählt habe...»

Sie holte ein gefaltetes Blatt Papier aus der Tasche und reichte es ihm. Auf der einen Seite stand in Druckbuchstaben mit blauem Kugelschreiber MISS ROSEMARY TRAVIS. Er drehte es um und las den Text, der sich in zittrigen Buchstaben über die Seite schlängelte.

Liebste Rose!
Es fällt mir nicht leicht, besonders jetzt nicht, nachdem alle so lieb zu mir waren. Aber ich sehe keine andere Möglichkeit. Man sagt, es sei das Lachen, das uns von den Tieren unterscheidet, aber auch dies setzt uns von ihnen ab, und zwar ebenso deutlich. Tiere töten sich allenfalls gegenseitig; von Selbsttötung habe ich bei ihnen bisher noch nichts gehört. Sie sind im Käfig von Mr. Darwins Gesetzen gefangen, während wir die Freiheit haben, die Welt zu verlassen, wie und wann wir es wünschen, ganz nach dem Motto: Wer zuletzt lacht, lacht am besten.

Meine Freude über diese Freiheit wird allerdings getrübt durch den Gedanken an all jene, die ich zurücklasse, besonders an Dich, liebste Rose. Was soll aus Dir werden, wenn Du keinen Menschen mehr hast, um den Du Dich kümmern kannst? Nicht auszudenken, wenn Du würdest wie die anderen, – und dazu wird es kommen, wenn Du hierbleibst. Du bist stark, Rose, aber letztlich werden sie auch Dich zermürben.

Ein Ausweg wäre es, mich zum Mordopfer in einem Deiner geliebten Krimis zu machen. Die Einzelheiten überlasse ich Dir, liebe Rose, darin warst Du immer besser als ich, aber zumindest eine Leiche kann ich Dir liefern. Die Ermittlung wird ergeben, daß der Tod aufgrund einer Überdosis meines Schmerzmittels und der Schlaftabletten eingetreten ist, die ich mir aus Deinem Zimmer geholt habe. Sicherheitshalber werde ich auch die Schnapsfläschchen austrinken, die ich irgendwann mal zu Weihnachten geschenkt bekommen habe. So hat es sich denn doch noch gelohnt, sie aufzuheben.

Sei ohne Angst, Rose. Ich bin es auch.

Dot.

Jarvis faltete den Brief behutsam wieder zusammen. «Und wenn das auch wieder nur einer Ihrer Tricks ist?»

«Für einen Schriftvergleich stehen Ihnen die von den Andersons zurückbehaltenen Briefe zur Verfügung», sagte Rosemary. «Aber keine Sorge, Inspector. Nachdem ich das erreicht habe, was Dorothy sich erhoffte, habe ich meine kriminalistische Tätigkeit ohnehin eingestellt.»

Sie ließ sich wieder auf die Bank sinken. «Stimmt das mit dem Testament?»

«Wollen Sie behaupten, daß sie es Ihnen nicht gesagt hat?» fragte Jarvis ungläubig.

Rosemary schüttelte den Kopf. «Natürlich hat sie es mir nicht gesagt. Dorothy war viel zu taktvoll, um die letzten Tage unserer Freundschaft mit einer so peinlichen Enthüllung zu belasten.»

Jarvis deutete auf den Brief. «Falls er echt ist, kann ich Sie wegen Verabredung zur Rechtsbeugung drankriegen.»

Rosemary hob die Schultern. «Das müssen Sie entscheiden, Inspector. Ich glaube allerdings nicht, daß die Öffentlichkeit sehr viel Verständnis dafür hätte. Zumindest aber haben Sie wohl nicht mehr die Absicht, mich wegen Mordes ‹dranzukriegen›.»

Jarvis sah sie einen Augenblick verständnislos an, dann fing er plötzlich an zu lachen. «Darauf sind Sie also tatsächlich reingefallen?»

Rosemary lief rot an. «Wie meinen Sie?»

Jarvis setzte sich neben sie und gab ihr einen freundschaftlichen Klaps aufs Knie.

«Haben Sie wirklich geglaubt, ich will Sie verhaften?»

«Ich muß schon zugeben, es klang schon furchtbar überzeugend.»

Jarvis nickte.

«Genau wie Ihre Erklärung, Sie würden als nächste

sterben, wenn ich wegginge, ohne mit Mrs. Hargreaves gesprochen zu haben. Natürlich habe ich nie ernstlich an eine Gefahr für Sie geglaubt, aber in diesem Moment hatte ich wirklich den Eindruck, Sie hätten Angst vor einem Anschlag. Jetzt sind wir quitt.»

Rosemary sah ihn ernst an.

«Ich habe genau das gemeint, was ich gesagt habe, Inspector.»

Jarvis hielt ihr Dorothys Brief unter die Nase. «Sie haben inzwischen zugegeben, daß Mrs. Davenport nicht ermordet wurde und Sie das von Anfang an wußten. Wie konnten Sie dann um Ihr Leben fürchten?»

Rosemary schüttelte den Kopf.

«Sie haben nicht aufgepaßt, Inspector, und nur das gehört, was Sie hören wollten. Und da wundern sich viele Krimileser, daß sie nicht auf die Lösung des Falles kommen, obwohl man ihnen alle erforderlichen Hinweise gegeben hat...»

«Sie haben mir gesagt, daß Sie als nächste sterben würden», erklärte Jarvis. «Wörtlich.»

«Und Sie haben das ‹sterben› so interpretiert, daß man mich ermorden würde.»

Jarvis kniff die Augen zusammen. «Sie meinen... Sie meinten...»

Rosemary nickte. «Ja. Wenn es hart auf hart gekommen wäre, hätte ich sichergestellt, daß Dorothys Opfer nicht umsonst war.»

Jarvis sah sie an. «Zuzutrauen wär's Ihnen!»

Rosemary lächelte. «Aber zum Glück für uns beide war das ja nicht notwendig. Dot hat es gut gemeint, aber Einzelheiten waren tatsächlich nie ihre Stärke. Hätte ich meinen eigenen Mord inszenieren müssen, hätte ich Sie ganz schön an der Nase herumgeführt. So aber mußte ich improvisieren. Einen wirklich interessanten Fall konnte ich in der kurzen mir zur Verfügung stehenden Zeit nicht konstruieren.»

Jarvis zückte sein Notizbuch. «Na, dann legen Sie mal los.»

«Muß das sein, Inspector?» stöhnte Rosemary. «Ich habe etwas gegen diese Schlußszenen, in denen dem Leser alles haarklein erklärt wird.»

«Aber sie gehören nun mal dazu.»

Rosemary nickte ergeben. «Also gut. Ich werde versuchen, mich kurz zu fassen.»

Jarvis befeuchtete seine Bleistiftspitze.

«Als ich Dorothys Leiche entdeckte», begann Rosemary, «war es noch früh, aber ich wußte natürlich, daß sich sehr bald im Haus etwas regen würde. Eile tat not. Zuerst ging ich in Andersons Zimmer und gab einen Schuß von diesem blauen Likör in Dorothys Schmerzmittel.»

«Woher wußten Sie, wo das Zeug war?»

«Miss Davis trank immer Cocktails aus verschiedenfarbigen, schichtförmig angeordneten Likören, unter denen auch ein blauer war. Wie sie es anstellte, daß sich die verschiedenen Farben nicht vermischten, weiß ich nicht...»

«Man läßt das Zeug vorsichtig über einen Löffelrücken laufen», erklärte Jarvis. «Tomkins führt den Trick immer auf Partys vor. Die beiden sollten sich mal zusammentun, sie wären ein ideales Paar.»

«Dann habe ich die Schnapsfläschchen ausgewaschen und wieder in den Ständer gestellt», fuhr Rosemary fort.

«Und warum haben Sie die Dinger nicht einfach weggeworfen?»

«Das Fehlen des ganzen Ständers wäre unter Umständen aufgefallen. Daß jemand nachprüfen würde, ob in den Fläschchen noch der ursprüngliche Inhalt war, hielt ich für sehr unwahrscheinlich. Danach zerdrückte ich ein paar

Schlaftabletten und tat sie in die Reste des Kakaos, schlich mich in Mr. Purveys Zimmer, holte mir eine seiner Einwegspritzen und legte ein Stück der Plastikverpackung vor Dorothys Bett.»

Jarvis pfiff leise. «Während sie kalt und steif drinlag?»

«Ich war Dorothys Testamentsvollstreckerin, Inspector, und handelte nach ihren Weisungen. Es war meine Pflicht, diese Aufgabe nach bestem Wissen und Gewissen zu erfüllen.»

Jarvis schrieb eifrig mit. «Na, dann mal weiter», sagte er.

«Nach einiger Zeit wurde Dorothys Fehlen bemerkt und Alarm geschlagen. Jetzt war für mich vor allem wichtig, daß niemand sich an den von mir so sorgfältig präparierten Spuren zu schaffen machte. Ich sträubte mich mit Händen und Füßen dagegen, vor dem Eintreffen der Polizei Dorothys Zimmer zu verlassen, obwohl Miss Davis versuchte, mich gewaltsam wegzuschleppen. Schließlich ließen sie mich mit der Toten allein. Ich nutzte die Gelegenheit, um das kurze Gespräch zu inszenieren, das Mr. Channing im Nebenzimmer mitgehört hat. Ich habe eine tiefe Stimme, so daß mir offenbar eine recht glaubhafte Imitation von Mr. Anderson gelungen ist. Leichter, so sagte ich mir, kann man es der Polizei kaum machen! Doch Ihre Leute dachten gar nicht daran, mit den Heimbewohnern zu sprechen, und auf das Schmerzmittel und den Kakao an Dorothys Bett mußte ich sie ausdrücklich aufmerksam machen.»

Sie deutete auf Jarvis' Kollegen, der auf dem Kies herumtanzte und seinen Schatten anschrie: «Hände hoch, du Arsch!»

«Warum versucht dieser Mann eigentlich seine Fehlsichtigkeit mit diesen lächerlichen getönten Gläsern zu tarnen, Inspector?»

Jarvis schüttelte den Kopf. «Fragen Sie mich was Leichteres», sagte er seufzend.

«Ich erwähne das nur, weil es sehr entmutigend war, daß ich ihn erst mit der Nase auf die Feinheiten meines Werkes stoßen mußte. Als er dann glücklich die Medizinflasche und den Kakaobecher wahrgenommen hatte, mußte ich ihm die Bedeutung dieser beiden Beweismittel noch lang und breit erklären. Auch die Plastikhülle der Einwegspritze sah er natürlich nicht. Ich ließ dicht daneben meine Brosche fallen und bat ihn, sie aufzuheben, weil ich es mit der Bandscheibe hätte. Er bemerkte sie trotzdem nicht. Schließlich nahm ich die Plastikhülle wieder an mich und legte die Spur vor Ihrem Erscheinen neu. Daß die Polizei nach der Analyse des Schmerzmittels und des Kakaos auf mich zurückkommen würde, war mir klar. Ich konnte nur hoffen, daß man diesmal einen besseren Mann schicken würde – was ja erfreulicherweise der Fall war.»

Miss Travis schenkte Jarvis ein huldvolles Lächeln.

«Sobald ich Sie sah, Inspector, wußte ich, daß Sie die Herausforderung annehmen würden. Ich wählte die indirekte Methode, behauptete steif und fest, der Mörder sei unter den Heimbewohnern zu suchen, und lehnte es ab, die Andersons als Verdächtige auch nur in Betracht zu ziehen, während ich Ihnen andererseits immer wieder Belastungsmaterial gegen die beiden brachte. Die Einwegspritze erwähnte ich bewußt nicht, auch wenn natürlich klar war, daß das in dem Schmerzmittel enthaltene Morphin auf keinen Fall ausgereicht hätte, um Dorothy zu töten. Ich sagte mir, daß es Ihnen sicher eine Genugtuung wäre zu glauben, sie hätten mich in diesem Punkt überlistet...»

Jarvis schrieb längst nicht mehr mit. Er machte den Mund auf, besann sich und machte ihn kopfschüttelnd wieder zu.

«Nachdem Sie bei Channing gewesen waren», fuhr Rosemary fort, «mußte ich die Andersons ablenken, damit Sie sich in Ruhe mit den anderen Heimbewohnern befassen konnten. Ich riskierte es und sprach Mrs. Hargreaves an, die am Tag zuvor unerwartet nett zu mir gewesen war. Sie erklärte sich bereit, einen Ausbruchsversuch zu machen und sich im Park zu verstecken. Miss Davis schlug sie brutal zusammen und drohte ihr noch Schlimmeres an für den Fall, daß sie Ihnen etwas erzählen würde, aber Mavis hat sich fabelhaft gehalten und Ihnen die Kakaogeschichte aufgetischt, die ich mit ihr geprobt hatte und die Sie ihr zum Glück ja auch abgenommen haben.»

Jarvis klappte sein Notizbuch zu und steckte es zusammen mit Dorothys Brief in die Tasche.

«Wie meinten Sie eben?» fragte er liebenswürdig.

Rosemary musterte ihn scharf. «Sie haben Mavis ihre Geschichte doch abgenommen?»

Jarvis lachte herzlich.

«Meine liebe Miss Travis, Sie glauben doch wohl nicht im Ernst, ein Kriminalbeamter mit dreißigjähriger Berufserfahrung würde sich von so einem faulen Zauber hinters Licht führen lassen? Im wirklichen Leben geht es nämlich anders zu als in Ihren Krimis, wo sich trottelige Polizisten von schlauen alten Damen zum Narren halten lassen.»

Rosemary sah recht skeptisch drein. «Aber Sie haben die beiden doch verhaftet.»

«Ja, unter der Anklage der Mißhandlung und Vernachlässigung von Abhängigen, und zwar aufgrund der Informationen, die ich hier im Heim erhalten hatte.»

«Dazu hätten Sie Mavis' Aussage nicht gebraucht.»

«Nein, aber nachdem Anderson gehört hatte, daß Mavis Hargreaves ihn und seine Schwester so schwer belastete, mußte ich einschreiten. Die beiden hätten sie sonst halbtot geschlagen.»

Rosemary nickte. «Aber wenn Sie von Anfang an wußten, daß die ganze Geschichte fauler Zauber war, verstehe ich nicht, warum Sie so wütend wurden, als Mavis ihre Aussage zurückzog. Und warum Sie überhaupt gekommen sind...»

Jarvis lächelte. «Ihretwegen.»

«Meinetwegen?»

Er nickte. «Wollte mal sehen, wie es Ihnen geht. Wenn's drauf ankommt, kann ich nämlich auch eine Schau abziehen, Miss Travis.»

Rosemary wirkte plötzlich verlegen. «Aber Sie waren so böse, weil ich Sie aufgezogen hätte.»

Jarvis lachte. «Sie sind nicht die einzige, die schauspielern kann, Miss Travis!»

Rosemary starrte ihn kühl an. «Letzten Endes kommt es auf das gleiche hinaus.» Sie biß sich auf die Lippen. «Glauben Sie wirklich, daß damit alles zu Ende ist?»

Jarvis rieb sich die Stirn. «Natürlich sind noch ein paar Detailfragen zu klären, aber Anderson und seine Schwester werden Sie nicht wiedersehen, falls Sie das meinen.»

Rosemary schüttelte leicht den Kopf. «Ich dachte an Dorothy.»

«Wie bitte?»

«Schon gut... Es war mehr ein Selbstgespräch.»

Jarvis wurde rot. «Sie meinen, ob ich an ein Leben nach dem Tod glaube?»

Rosemary schwieg.

«Ich weiß es nicht. Ich meine... es ist nicht so, daß ich *nicht* daran glaube.»

Rosemary lächelte ein wenig. «Eine gute Antwort auf eine dumme Frage.»

«Und Sie?» fragte Jarvis, den ihr herablassender Ton ein wenig zu ärgern schien.

Rosemary überlegte. «Früher habe ich nicht daran geglaubt.» Eine kleine Pause. «Inzwischen habe ich das Gefühl, daß mein Nichtglaube etwas ins Wanken geraten ist...»

Sie sahen sich an, und dann fingen sie beide an zu lachen.

«Und jetzt?» Jarvis stand auf.

Rosemary sah auf die Uhr, die ihr eine der Pflegerinnen geliehen hatte.

«Fast Zeit für unseren Tee.»

«Nein, ich meinte ganz allgemein. Werden Sie hierbleiben? Oder...»

Auch Rosemary war aufgestanden. Sie strahlte ihn an.

«Etwas ganz Erstaunliches ist passiert, Inspector. Wissen Sie noch, daß ich Ihnen bei unserer ersten Begegnung sagte, Sie erinnerten mich an meinen Neffen Stuart? Heute vormittag kam völlig unerwartet ein Brief von ihm. In Kanada hat unser Fall Schlagzeilen gemacht, und er fragt, ob ich ihn und seine Frau besuchen will.»

Sie wurde ernst. «Es kann natürlich sein, daß es nicht klappt. Daß wir uns nicht verstehen, oder daß mir das Land nicht gefällt. Aber ich denke, ich werde es versuchen.»

Sie streifte Jarvis mit einem belustigten Blick. «Was halten Sie von diesem Happy-End?»

Er schnitt ein Gesicht. «Ein bißchen konstruiert, wie Sie vorhin sagten, Miss Travis.»

«Für einen Roman schon, da gebe ich Ihnen recht. Aber das wirkliche Leben, Inspector, kennt solche Hemmungen nicht. Es gestattet sich alles – sogar ein bißchen Glück.»

Sie sah auf das Blumenbeet herunter und fröstelte.

«Es wird kalt. Gehen wir ins Haus?»

Boileau / Narcejac

«Trotz ihres zungenbrecherischen Doppelnamens sind die beiden fleißigen Franzosen **Pierre Boileau** und **Thomas Narcejac** für die Krimi-Gemeinde längst ein Begriff. Ihre temporeich und milieugenau abgespulten Geschichten haben stets das Maß an Mysterium, das Mordkommissionen fürchten und Kenner schätzen.» *FAZ*

Eine Auswahl der thriller von Boileau / Narcejac:

Tod de luxe
(thriller 3016)

Appartement für einen Selbstmörder
(thriller 2839)

Gesichter des Schattens. Die Gleichung geht nicht auf
(thriller 2963)
«... raffinierte Geschichten, in denen das Verbrechen die Menschen wie ein Alptraum befällt.»
Westdeutsch Allgemeine Zeitung

Im Mord vereint
(thriller 2982)

Tote leben nicht allein. Parfüm für eine Selbstmörderin
(thriller 3008)
Er hat sie vor dem Selbstmord gerettet und will ihr hlefen, ein neues Leben zu beginnen. Aber es war nicht das erste Mal, daß sie dem Tod entronnen ist. Natürlich gibt es immer Unfälle – aber so häufig?

Bruder Judas. Die Dame in Rot. Meine schöne Mörderin
(thriller 3024)

rororo thriller

Der Traum vom Gold
(thriller 3033)
Wer würde nicht davon träumen, einen Goldschatz zu bergen, der auf dem Grund eines Sees liegt? Doch erste Tauchversuche schlagen fehl. Als Jean-Marie überaus leichtsinnig seiner Tante und dem holländischen Filmemacher van Loo von seinem Bergungsversuch berichtet, nimmt das Schicksal seinen Lauf.

Die Karten liegen falsch
(thriller 2786)

Boileau / Narcejac, Helga Riedel / John Bingham
Tote sollen schweigen. Ausgesetzt. Der sechste Plan
(thriller 3056)
Garantie für atemberaubende Spannung ...

rororo thriller wird herausgegeben von Bernd Jost. Ein Gesamtverzeichnis der Reihe finden Sie in der *Rowohlt Revue.* Jedes Vierteljahr neu. Kostenlos in Ihrer Buchhandlung.

Colin Dexter

«Es gibt nur wenige Autoren, die überzeugend Humor, Spannung und Phantasie und ein wenig Grausen miteinander verbinden können Colin Dexter beherrscht das vorzüglich.»
Hamburger Abendblatt

Mord am Oxford-Kanal
(thriller 2960)
Ausgezeichnet mit dem «Golden Dagger» der Englisch Crime Writers' Association.

Hüte dich vor Maskeraden
(thriller 2805)
«Ein intelligenter Krimi zum Mit-Denken. So etwas ist selten.»
Frankfurter Rundschau

Das Rätsel der dritten Meile
(thriller 2806)
Der Rektor des College lädt eines Tages Chief Inspector Morse zum Essen ein, um ihm nebenbei zu erzählen, daß einer seiner pedantischsten Professoren seit einigen Tagen völlig ohne jede Ankündigung verschwunden ist. Zwar sei inzwischen eine Nachricht eingetroffen, aber die könne unmöglich von Browne-Smith stammen, denn der würde lieber sterben, als eine Notiz mit einem Rechtsschreibefehler aus der Hand zu geben. Kurz darauf wird eine Leiche aus dem Kanal geborgen, der Kopf, Hände und Beine fehlen ...
«... brillant, komisch, bizarr und glänzend geschrieben.»
Südwestpresse

rororo thriller

Tod für Don Juan
(thriller 3041)
Kaum sind die amerikanischen Touristen in Oxford eingetroffen, da wird Chief Inspector Morse zu einer Toten gerufen. Die Touristin ist offensichtlich an Herzversagen gestorben, als sie den Diebstahl einer wertvollen, antiken Brosche entdeckte. Klarer Fall, meint Sergeant Lewis. Ein plötzlicher Tod ist immer mysteriös, sagt Morse. Erst recht, wenn kurz darauf noch ein Toter gefunden wird.

rororo thriller wird herausgegeben von Bernd Jost. Ein Gesamtverzeichnis der Reihe finden Sie in der *Rowohlt Revue*. Jedes Vierteljahr neu. Kostenlos in Ihrer Buchhandlung.

-ky

«Die besten Krimis von **–ky** schildern unsere Gegenwart mit Scharfsinn, Witz und Hintergründigkeit.»
FAZ

Eine Auswahl der thriller von –ky, alias Horst Bosetzy:

Da hilft nur noch Beten
(thriller 2883)

Es reicht doch, wenn nur einer stirbt
(thriller 2344)

Feuer für den Großen Drachen
(thriller 2672)
Kreuzberger Nächte: Liebe, Ku–Klux–Klan und Graue Wölfe...

Friedrich der Große rettet Oberkommissar Mannhardt
(thriller 2725)

Catzoa––Stories um einen kriminellen Kriminalbeamten
(thriller 2919)
Die unaufhaltsame Karriere eines Mannes, der Ordnung schaffen will.

Ich wollte, es wäre Nacht
(thriller 2951)

Kein Reihenhaus für Robin Hood
(thriller 2575)
Für das Kino erfolgreich verfilmt.

Zu einem Mord gehören zwei
(thriller 2770)

Ein Deal zuviel
(thriller 3065)

Ich lege Rosen auf mein Grab
(thriller 2841)

rororo thriller

Mitunter mörderisch
Kriminalstories
(thriller 2382)

Einer von uns beiden
(thriller 2244)

Ein Toter führt Regie
(thriller 2312)
Ein Selbstmörder rächt sich an den Lebenden, die ihn gequält haben...

Einer will's gewesen sein
(thriller 2441)

Nieswand kennt Tag und Stunde
(thriller 2979)

Von Beileidsbesuchen bitten wir abzusehen
(thriller 2250)

Ein Gesamtverzeichnis der Reihe *rororo thriller* finden Sie in der *Rowohlt Revue*. Jedes Vierteljahr neu. Kostenlos in Ihrer Buchhandlung.

Sjöwall/Wahlöö

«Man konnte zwar schon 1963 die zunehmende Versumpfung der schwedischen Sozialdemokratie voraussehen. Aber andere Dinge waren völlig unvorhersehbar: die Entwicklung der Polizei in Richtung auf eine paramilitärische Organisation, ihr verstärkter Schußwaffengebrauch, ihre groß angelegten und zentral gesteuerten Operationen und Manöver... Auch den Verbrechenstyp mußten wir ändern, da die Gesellschaft und damit die Kriminalität sich geändert hatten: Sie waren brutaler und schneller geworden.» Maj Sjöwall

Die Tote im Götakanal
(thriller 2139)
Nackte tragen keine Papiere. Niemand kannte die Tote, niemand vermißte sie. Schweden hatte seine Sensation...

Der Mann, der sich in Luft auflöste
(thriller 2159)
Kommissar Beck findet die Lösung in Budapest...

Der Mann auf dem Balkon
(thriller 2186)
Die Stockholmer Polizei jagt ein Phantom: einen Sexualverbrecher, von dem sie nur weiß, daß er ein Mann ist...

Endstation für neun
(thriller 2214)

Alarm in Sköldgatan
(thriller 2235)
Eine Explosion, ein Brand - und dann entdeckt die Polizei einen Zeitzünder...

3019/1

rororo thriller

Und die Großen läßt man laufen
(thriller 2264)

Das Ekel aus Säffle
(thriller 2294)
Ein Polizistenschinder bekommt die Quittung...

Verschlossen und verriegelt
(thriller 2345)

Der Polizistenmörder
(thriller 2390)

Die Terroristen
(thriller 2412)
Ihre Opfer waren Konservative, Liberale, Linke - wer aber die Auftraggeber der Terrorgruppe ULAG waren, blieb immer im Dunklen. Jetzt plante ULAG ein Attentat in Stockholm...

Die zehn Romane mit Kommissar Martin Beck
10 Bänden in einer Kassette
(thriller 2800)

«Sjöwall/Wahlöös Romane gehören zu den stärksten Werken des Genres seit Raymond Chandler.» Zürcher Tagesanzeiger

Serientäter

Robert Brack
Die siebte Hölle
(thriller 2941)
Oldtimer bringen's besser als Bücher, meint der bankrotte Buchhändler Jercy Pacula, und überführt zwei Limousinen nach Lissabon...
Schwere Kaliber
(thriller 2967)
Psychofieber
(thriller 3058)

Frank Göhre
Schnelles Geld
(thriller 3048)
Der erste, seit Jahren vergriffene Kriminalroman von Frank Göhre, der mit mehreren Literaturpreisen ausgezeichnet wurde und als Kinofilm Beachtung fand. Neu bearbeitet und wesentlich erweitert.
Der Tod des Samurai
(thriller 2832)
Ein Thriller über organisiertes Verbrechen in Hamburg.
Der Tanz des Skorpions
(thriller 3025)
Letzte Station vor Einbruch der Dunkelheit
(thriller 2795)
Der Schrei des Schmetterlings
(thriller 2759)

Daniel Pennac
Wenn nette alte Damen schießen...
In Belleville, dem Kreuzberg von Paris, schneidet ein erbarmungsloser Killer armseligen Rentnern die Kehlen durch. Angst macht sich breit, gefolgt von einer kräftigen Paranoia. Ausgezeichnet mit dem «Prix Mystère de la critique».
(thriller 2921)
Königin Zabos Sündenbock
(thriller 3003)

rororo thriller

30 Jahre thriller Jubiläums-Lesebuch
(thriller 3030)
Dieser Jubiläumsband präsentiert einen opulenten Querschnitt durch die Geschichte der rororo thriller- Reihe und bietet literarischen Nervenkitzel pur. Die Palette internationaler Autoren gleicht einem Who is Who der Kriminalliteratur.

Pacio Ignacio Taibo II
Der melancholische Detektiv *Drei Fälle für Héctor Belascoarán Shayne*
(thriller 3039)
Der Boxer Angel, Freund von Detektiv Héctor Belascoarán, wird beim Training im Ring von einem Unbekannten erschossen. Mögliches Motiv: eine alte Rivalität um eine Frau... Taibo liefert nicht nur ungewöhnliche Stories, sondern ein dichtes Bild von Mexiko, seiner Atmosphäre, seinen Problemen und seiner Faszination.
Das bizarre Leben
(thriller 2940)
Comeback für einen Toten
(thriller 3019)